影响孩子一生的 中国⑩大名著

西游记

原著◉吴承恩

总策划/邢 涛　主 编/纪江红

北京出版社 出版集团
北京少年儿童出版社

童年的伙伴，一生的财富

　　悠悠五千年中华民族的发展历程，就像一座丰富璀璨的文化宝库，给后人提供了智慧与力量的源泉。而历经时间考验的古典文学名著是中国文学史上的明珠，是中华民族文明、智慧的结晶，千百年来深受广大人民群众的喜爱，成为家喻户晓、耳熟能详的不朽经典。其中的著名故事情节、典型人物形象都已成为每个中国人日常生活中的一部分，深深地影响着人们的观念和行为。通过阅读这些名著，孩子们可以生动了解本民族的优良文化传统，继承前人的宝贵财富。

　　这套"影响孩子一生的中国十大名著"精心选取了中国历史上影响最大、最适合少年儿童阅读的十部古典文学名著，其中既有《三国演义》这样波澜壮阔的历史故事，也有《西游记》这样瑰丽多姿的神话传奇；既有岳飞、杨家将这样顶天立地的英雄豪杰，又有宝玉、黛玉这样的才子佳人……孩子们会从中看到伟大的人格、超群的智慧、真挚的感情，能受到激励，能陶冶情操。它们是孩子们关于人生和世界的最好教材，它们对孩子们的影响将伴随他们的一生。

　　让孩子们从这里走近经典，让经典成为孩子们永远的好伙伴……

世界儿童基金会　林立富

感受文学名著的永恒魅力

　　每个成年人的头脑中都有一些古典文学名著的印记。这些印记大多是在我们的童年或青少年时代留下的。那些脍炙人口的经典故事、活灵活现的典型人物对我们的思想和情感产生了难以计量的影响，社会再发展，科技再进步，它们的位置也难以被取代。

　　哪些名著最适合孩子阅读？能给予孩子积极、健康的影响？这一点是至关重要的。这套书的编者通过大量的调查了解，征求了父母、老师，以及儿童教育研究专家的意见，层层筛选，最终选出了中国文学史上评价最高、最适合儿童阅读的十部经典名著。为了使它们符合儿童的阅读能力和特点，编者们舍弃了原著中艰深晦涩的文言写法，在忠于原著的基础上进行了必要的改编，既保留了原著精彩的故事情节和美妙文采，又回避了原著中的封建迷信等方面内容，可谓"取其精华、去其糟粕"。

　　同时，所有作品都配有精美的插图，可以让小读者们更好地理解原著的内涵，真切地感受到历史上各个朝代丰富多彩的文化，以及著名人物独具特色的个性魅力。

　　翻开这些书，孩子们能够兴趣盎然地走进名著的世界，轻松愉快地徜徉于古典文学的海洋。名著的魅力会让他们一生铭记在心。

中国儿童教育研究所　陈勉

古典文学名著的无穷魅力

　　《西游记》是中国文学史上的一颗明珠，几百年来一直深受广大人民的喜爱。它是一部神话小说，讲述的是唐僧、孙悟空、猪八戒和沙和尚去西天取经的故事。一路上，师徒四人历经九九八十一难，战胜无数的妖魔，最后终于取到了真经。

　　《西游记》里有很多本领高强、生动有趣的人，比如机智勇敢的孙悟空、好吃懒做的猪八戒、任劳任怨的沙和尚，以及各显神通的神仙妖魔。这是一部极具想象力、拥有丰富内涵、思想健康的书，其故事情节在民间广为流传。特别是孙悟空大闹天宫、真假美猴王、三借芭蕉扇等故事更是尽人皆知。对于启迪少儿智慧、培养坚毅勇敢的品德非常有帮助。

　　本书在原著的基础上进行改写，力求保留原著的精华。同时做到语言生动优美，情节凝练紧凑，画面赏心悦目。为便于低年级小朋友的阅读和理解，本书还标注了汉语拼音。

　　相信本书能凭其趣味性、生动性，激发起小朋友的读书热情，进一步加深小朋友的文学素养，从而受益一生。

影响孩子一生的中国10大名著

西游记

目录 MULU

第一章
huā guǒ shān měi hóu wáng chū shì
08 | 花果山美猴王出世

第二章
zhēn xīn chéng yì shí hóu xué yì
10 | 真心诚意石猴学艺

第三章
huān tiān xǐ dì lóng gōng dé bǎo
14 | 欢天喜地龙宫得宝

第四章
xǐ qì yáng yáng fēng bì mǎ wēn
20 | 喜气洋洋封弼马温

第五章
tōu chī pán táo hóu wáng chuàng huò
24 | 偷吃蟠桃猴王闯祸

第六章
qí tiān dà shèng dà nào tiān gōng
28 | 齐天大圣大闹天宫

第七章
rú lái fó shī fǎ zhèn dà shèng
34 | 如来佛施法镇大圣

第八章
táng sēng shòu mìng xī tiān qǔ jīng
38 | 唐僧受命西天取经

第九章
wǔ xíng shān wù kōng bài shī fu
40 | 五行山悟空拜师父

第十章
jǐn gū zhòu zhì fú sūn wù kōng
44 | 紧箍咒制伏孙悟空

第十一章
xiǎo yù lóng biàn shēn dà bái mǎ
48 | 小玉龙变身大白马

第十二章
guān yīn yuàn jiā shā rě fēng bō
52 | 观音院袈裟惹风波

第十三章
gāo lǎo zhuāng bā jiè shōu wéi tú
58 | 高老庄八戒收为徒

第十四章
sūn wù kōng dà zhàn huáng fēng guài
64 | 孙悟空大战黄风怪

第十五章
liú shā hé shōu fú shā wù jìng
70 | 流沙河收服沙悟净

第十六章
chī rén shēn guǒ rě nǎo wù kōng
76 | 吃人参果惹恼悟空

第十七章
sūn wù kōng sān dǎ bái gǔ jīng
82 | 孙悟空三打白骨精

第十八章
bǎo xiàng guó chú yāo jiù shī fu
88 | 宝象国除妖救师父

万僧不阻

第二十六章
zhēn jiǎ měi hóu wáng dà dòu fǎ
136 真假美猴 王大斗法

第三十五章
miè fǎ guó miào jì zhì hūn jūn
188 灭法国 妙计治昏君

第二十七章
huǒ yàn shān sān jiè bā jiāo shàn
142 火焰山 三借芭蕉扇

第三十六章
pán huán dòng è dòu jiǔ tóu guài
194 盘桓 洞恶斗九头怪

第二十八章
jīn guāng sì chú è xún fó bǎo
148 金 光 寺除恶寻佛宝

第三十七章
sì tiān jiàng gòng qín xī niú jīng
198 四天 将 共擒犀牛精

第二十九章
mí lè fó zhù zhèn qín yāo mó
154 弥勒佛助 阵擒妖魔

第三十八章
tiān zhú guó yù tù jīng bī qīn
202 天竺国玉兔精逼亲

第十九章
wù kōng zhì dòu jīn jiǎo dà wáng
94 悟 空智斗金角大 王

第三十章
sūn wù kōng jì dào zǐ jīn líng
160 孙悟 空计盗紫金铃

第三十九章
dì líng xiàn shī tú zāo wū xiàn
208 地灵县师徒遭诬陷

第二十章
wū jī guó qiǎo jiù zhēn guó wáng
100 乌鸡国 巧救真 国王

第三十一章
pán sī dòng duì zhàn zhī zhū jīng
164 盘丝洞 对战蜘蛛精

第四十章
rú lái fó zǔ qīn cì zhēn jīng
212 如来佛祖亲赐真经

第二十一章
huǒ yún dòng lì zhàn hóng hái ér
106 火云洞力战 红孩儿

第三十二章
shī tuó dòng dà zhàn sān mó tóu
170 狮驼洞大战三魔头

第四十一章
gōng dé yuán mǎn xiū chéng zhèng guǒ
218 功德圆满修成 正果

第二十二章
chē chí guó yǒng dòu sān yāo mó
112 车迟国勇 斗三妖魔

第三十三章
bǐ qiū guó shàn xīn jiù hái tóng
176 比丘国 善心救孩童

第二十三章
tōng tiān hé jīn yú jīng dǎo guài
118 通天河金鱼精捣怪

第三十四章
wèi jiù shī yǒng chuǎng wú dǐ dòng
182 为救师 勇 闯 无底洞

第二十四章
jīn dōu dòng xiáng fú qīng niú yāo
124 金峒洞 降伏青牛妖

第二十五章
nǚ ér guó shī tú qí yù jì
130 女儿国师徒奇遇记

第一章 花果山美猴王出世

从前，在遥远的东海边上，有一座美丽的花果山。山顶上有一块仙石，它长年吸取着天地的灵气，日月的精华。有一天，仙石突然迸裂，从里面蹦出一只石猴，只见他双眼放射出两道金光，闪闪发亮。

石猴一出世就在山中蹦蹦跳跳，渴了喝山泉，

石猴横空出世。

饿了吃野果，每天和山中的动物一起玩耍，日子过得很快活。

一天，天气炎热，石猴跟着一群猴子到山涧里洗澡。洗着洗着，他们突发奇想，要去寻

找这水的源头。

猴子们顺

着山涧往上爬，

终于找到泉水的源

头。原来这是一道

瀑布，像银河一样

从天而降，飞泻下

来。大家齐声叫道：

美猴王定居花果山。

"谁有本事，敢钻进瀑布里去看看，我们就拜他为

王！"石猴高声叫道："我去！"

石猴闭上眼睛，一纵身就跳进瀑布里。他睁开

眼睛一看，发现里面竟然没有水，而是一个山洞，

各种石器样样都有。洞中有一块石碑，刻着"花

果山福地，水帘洞洞天"。石猴跳出洞，把一切告

诉大家，还说："那是一个好地方，我们都进去住

吧！"于是大家都跳进水帘洞。

猴子们拜石猴为王，石猴从此自称为"美猴王"。

第二章 真心诚意石猴学艺

转眼三五百年过去了。一天，美猴王和群猴们正玩得开心，突然变得伤心起来，他想虽然自己现在很快乐，但总有一天会死去。一只年老的猴子安慰他说："大王要想长生不老，除非能成佛、仙、神。"大家听了纷纷赞同。于是美猴王决定寻找神仙，学会长生不老的本领。

第二天，他独自撑着木筏，去大海的深处寻找神仙。过了八九年，美猴王经历千辛万苦，可是并没有找到神仙。有一天，海风把木筏吹到了西牛贺洲。美猴王上岸后，来到

猴王出海学艺。

影响孩子一生的中国十大名著

yí zuò gāo shān qián　tā
一座高山前。他

tīng qiáo fū shuō　zhè zuò
听樵夫说，这座

shān jiào líng tái fāng cùn shān
山叫灵台方寸山，

shān shang yǒu gè xié
山上有个斜

yuè sān xīng dòng　lǐ
月三星洞，里

mian zhù zhe yí wèi míng
面住着一位名

jiào　xū pú tí zǔ shī
叫"须菩提祖师"

猴王向祖师叩头学艺。

de shén xiān　fǎ lì wú biān　měi hóu wáng tīng shuō hòu　gǎn jǐn zhǎo dào dòng
的神仙，法力无边。美猴王听说后，赶紧找到洞

fǔ　gēn zhe xiān tóng lái dào zǔ shī miàn qián　kàn dào zǔ shī zài tái shang duān
府，跟着仙童来到祖师面前。看到祖师在台上端

zuò　měi hóu wáng lián máng guì xià kòu tóu　zuǐ li hái jiào dào　shī fu
坐，美猴王连忙跪下叩头，嘴里还叫道："师父，

dì zǐ gěi nǐ xíng lǐ le　zǔ shī jiàn tā cōng míng líng lì　hěn xǐ huan tā
弟子给你行礼了！"祖师见他聪明伶俐，很喜欢他，

jiù shōu tā wéi tú　hái gěi tā qǔ le ge míng zi　jiào　sūn wù kōng
就收他为徒，还给他取了个名字，叫"孙悟空"。

yú shì　sūn wù kōng kāi shǐ xué yì le　měi tiān tā gēn zhe shī xiōng
于是，孙悟空开始学艺了。每天他跟着师兄

men xué xí xiě zì　fén xiāng　kòng xián shí jiù gàn xiē yǎng huā xiū shù　sǎo dì
们学习写字、焚香，空闲时就干些养花修树、扫地

tiāo shuǐ de huór　zhè yàng yí guò jiù shì liù qī nián　yì tiān　zǔ shī tí
挑水的活儿。这样一过就是六七年。一天，祖师提

chū yào jiāo wù kōng běn lǐng　bǐ rú zhān bǔ xiōng jí　cān chán dǎ zuò děng　wù
出要教悟空本领，比如占卜凶吉、参禅打坐等。悟

kōng jiàn zhè xiē dōu bù néng cháng shēng bù lǎo　jiù yí lǜ bù xué　zǔ shī hěn
空见这些都不能长生不老，就一律不学。祖师很

祖师拿着戒尺在悟空的头上打了三下。

生气，跳下戒台，用戒尺在他的头上连打三下，然后背着手走了，关上了中门。师兄们见了都纷纷指责悟空。当晚三更时，悟空悄悄地来到后门，看见师父正在屋里睡觉，就跪在床前等候。一会儿，祖师醒了，故意呵斥悟空。悟空说："您不是让我三更时从后门进来，教我学长生不老的法术吗？"祖师见悟空参透他的心意，非常欣喜，就把长生不老的秘诀传授给他，还教给他七十二般变化，以及驾筋斗云的本领。

一天，悟空和师兄们在一起玩耍，大家要他变化一下看看。悟空就得意地念起咒语，摇身一变，变成一棵松树，大伙见了齐声叫好。喧闹声惊动了祖师，他走出来问："是谁在这里吵闹？"得知悟空在卖弄本领后，祖师十分生气，把他严厉地教训一顿。

悟空连忙给师父叩头，请求他原谅。但祖师不但不原谅他，还要赶他走，任凭悟空流泪哀求，都无济于事。最后，悟空只好和大家道别。临行前，祖师特意嘱咐悟空，不论什么时候，都不能说是他的弟子。悟空无奈，只好谢别祖师，乘着筋斗云离开了。

悟空与祖师和师兄们道别。

真心诚意石猴学艺 **13**

第三章 | 欢天喜地龙宫得宝

wù kōng huí dào le huā guǒ shān shuǐ lián dòng　zhòng hóu dà bǎi yàn xí
悟空回到了花果山水帘洞，众猴大摆宴席，

wèi hóu wáng jiē fēng　hóu zi men gào sù wù kōng　zuì jìn jīng cháng yǒu yāo
为猴王接风。猴子们告诉悟空，最近经常有妖

guài lái qī fu tā men　wèi le fáng shēn　wù kōng kāi shǐ jiāo hóu zi men wǔ
怪来欺负他们。为了防身，悟空开始教猴子们武

yì　tā men méi yǒu bīng qì　jiù zuò le yì xiē mù dāo zhú qiāng　wù kōng
艺。他们没有兵器，就做了一些木刀竹枪。悟空

zhī dào rú guǒ zhēn yǒu dí rén lái　zhè xiē mù dāo zhú qiāng dōu bù dǐng yòng
知道如果真有敌人来，这些木刀竹枪都不顶用。

yú shì　tā lái dào ào lái guó　bǎ chéng li de zhēn bīng qì quán dōu bān dào
于是，他来到傲来国，把城里的真兵器全都搬到

huā guǒ shān　hóu zi men gè gè yǒu le hǎo bīng qì　kāi xīn jí le
花果山。猴子们个个有了好兵器，开心极了。

kàn zhe xiǎo hóu men měi tiān ná zhe bīng
看着小猴们每天拿着兵

qì cāo liàn　wù kōng hěn gāo
器操练，悟空很高

悟空教猴子们操练武艺。

xìng　dàn shì　hái yǒu
兴。但是，还有

yí jiàn shì ràng tā bù
一件事让他不

kāi xīn　nà jiù shì zì
开心，那就是自

jǐ hái méi yǒu hé shì de
己还没有合适的

bīng qì　yǒu gè lǎo
兵器。有个老

hóu xiǎng chū gè zhǔ
猴想出个主

影响孩子一生的中国十大名著

孙悟空挑了很多兵器，结果都不满意。

意，说："东海龙王那里有很多好兵器，大王去龙宫借一件来用吧。"

悟空施展功夫，转眼来到东海。他使一个避水法，一下子潜入海底。悟空见到东海龙王敖广后，便说明来意。龙王不好推辞，只好让鳜都司取出一把大捍刀。悟空说："俺老孙不会使刀。"龙王又命鲅太尉、鳝力士抬出一把九股叉。九股叉有三千六百斤重，悟空只掂了一下，就说："太轻！"龙王害怕了，又命鳊提督、鲤总兵抬出一

悟空神气十足地挥舞着金箍棒。

柄方天戟。这柄方天戟有七千二百斤重。悟空耍了一会儿，又抱怨说："太轻！"龙王说："龙宫里没有更重的兵器了。"悟空不信，说："龙王怎么会没有宝贝呢？你再找找看。"龙王无奈，只好带悟空来到藏宝库，让他自己挑选兵器。

悟空走到宝库中间，忽然看到眼前金光万道，原来前面是根铁柱子。这根铁柱子大约两丈多长，有斗来粗。悟空惊喜地说："这个宝贝不错，要是能小点儿就好了。"话音刚落，那宝贝就细了一圈。悟空高兴地拿起来，见铁棒的两头是金箍，上面写着"如意金箍棒，重一万三千五百斤"。悟空心中暗喜，觉得这宝贝一定知道人的心意，他又

影响孩子一生的中国十大名著

说："再细些就更好了。"果然，铁棒又变得细了些。

悟空高兴地挥舞着金箍棒，吓得鱼兵蟹将四处逃走。这根铁棒本是定海神珍铁，龙王以为悟空拿不动它，就会心服口服地走人，这突然的变故让龙王手足无措。悟空才不管这些，借到兵器后，又在南海龙王敖钦、西海龙王敖闰和北海龙王敖顺那里凑足了一套金甲、金冠和步云鞋，穿戴好了，这才高高兴兴地回到了花果山。

悟空在龙宫借到了宝贝。

众猴见大王穿着金光闪闪的铠甲回来了，十分欣喜，还要他展示一下其他宝贝。悟空得意地拿出金箍棒，叫道："小！小！小！"很快，金箍棒就变成了绣花针，悟空把它藏在耳朵里。众猴又叫道："大王，再拿出来耍耍。"悟空玩得兴起，就来到洞外，把变小的金箍棒从耳朵里掏出来，叫了声"长"。只见他转眼变得身高万丈，而手中的金箍棒已经长得上抵三十三天、下至十八层地狱了。这下，不仅群猴吃惊，连附近山上的妖怪也害怕了。那些虎豹狼虫、满山妖怪都吓得魂飞魄散，连忙过来参拜悟空。悟空收他们为手下，一起饮酒作乐。

一天，悟空在酒宴上喝醉了，正睡得迷迷糊糊，突然被两个人套上绳索，拉到了幽冥界。悟空一看这是阎王住的地方，顿时火冒三丈。他心想："我已经修成了长生不老之身，为什么

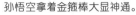
孙悟空拿着金箍棒大显神通。

重一万三千五百斤
如意金箍棒

悟空在生死簿上勾掉了自己的名字。

还要取我性命？"于是，他掏出金箍棒，将两个勾魂鬼打成了肉酱，又一路杀到了阴曹地府，质问起十代冥王来。十代冥王战战兢兢地说："大王，你的阳寿到了，所以我才命人去捉你。"

悟空不信，逼着十代冥王拿来生死簿，大笔一挥，勾掉了自己的名字，又顺手把所有猴子的名字全部勾掉了。然后他笑着说："太好了，今后再也不归你们管了。"说完，一路打出了幽冥界。

被吓呆了的十代冥王，这才缓过神来。他们慌忙跑到翠云宫去见地藏王菩萨，商量着去向玉皇大帝告状。

第四章 | 喜气洋洋封弼马温

sì hǎi lóng wáng hé shí dài míng wáng dōu xiàng yù huáng dà dì gào le wù
四海龙王和十代冥 王都向玉皇大帝告了悟

kōng de zhuàng　yù huáng dà dì zhǔn bèi pài tiān bīng tiān jiàng xiáng fú tā　zhè
空的状。玉皇大帝准备派天兵天将 降服他。这

shí tài bái jīn xīng chū le gè diǎn zi　　jiàn yì bǎ wù kōng zhào dào tiān gōng　fēng
时太白金星出了个点子,建议把悟空召到天宫,封

gè xiǎo guān　　zhè yàng jiù néng guǎn shù tā le　　yù dì jué de yǒu dào lǐ
个小官,这样就能 管束他了。玉帝觉得有道理,

biàn pài tā qián qù chuán zhǐ　　tài bái jīn xīng chéng zhe xiáng yún　lái dào huā guǒ
便派他前去传旨。太白金星乘着祥云,来到花果

shān shuǐ lián dòng　　wù kōng zhèng xiǎng shàng tiān yóu wán　tīng dào tài bái jīn xīng
山水帘洞。悟空 正 想上天游玩,听到太白金星

de huà　　gāo xìng de suí tā yì tóng lái dào tiān tíng　　yù dì tīng shuō yù mǎ
的话,高兴地随他一同来到天庭。玉帝听说御马

jiān quē gè zhí wèi　jiù fēng
监缺个职位,就封

tā zuò le bì mǎ wēn
他做了弼马温。

wù kōng dāng shàng
悟空当上

bì mǎ wēn　fù zé zhào
弼马温,负责照

kàn shàng qiān pǐ tiān mǎ
看上千匹天马。

tā měi tiān jìn zhí jìn zé
他每天尽职尽责,

jīng xīn wèi yǎng　　bù jiǔ jiù
精心喂养,不久就

bǎ tiān mǎ yǎng de biāo féi tǐ zhuàng
把天马养得膘肥体 壮。

孙悟空尽职
尽责地饲养天马。

孙悟空自封为"齐天大圣"。

bàn gè yuè guò qù le
半个月过去了，
yì tiān wù kōng hé jǐ
一天，悟空和几
gè jiān guān yǐn jiǔ liáo
个监官饮酒聊
tiān shí wèn qǐ zì jǐ
天时，问起自己
de guān zhí pǐn jí méi
的官职品级，没
xiǎng dào jiān guān men
想到监官们
gào sù tā bì mǎ wēn
告诉他，弼马温
de guān zhí shì zuì dī de zhè
的官职是最低的，这
kě rě nǎo le wù kōng tā yí qì zhī xià tuī fān le jiǔ xí yí lù dǎ
可惹恼了悟空。他一气之下推翻了酒席，一路打
chū tiān jiè huí dào huā guǒ shān dào jiā hòu wù kōng yì zhí fèn fèn bù
出天界，回到花果山。到家后，悟空一直愤愤不
píng suǒ xìng zì jǐ zuò le yí miàn dà qí xiě shàng qí tiān dà shèng sì
平，索性自己做了一面大旗，写上"齐天大圣"四
gè dà zì guà zài huā guǒ shān shang
个大字，挂在花果山上。

yù dì zhī dào wù kōng sī xià tiān jiè hòu mìng tuō tǎ lǐ tiān wáng yǔ
玉帝知道悟空私下天界后，命托塔李天王与
né zhā sān tài zǐ qù zhuō ná tā lǐ tiān wáng hé né zhā dài lǐng dà pī tiān bīng
哪吒三太子去捉拿他。李天王和哪吒带领大批天兵
tiān jiàng lái dào huā guǒ shān wù kōng chuān dài hǎo kuī jiǎ chū dòng yíng zhàn
天将来到花果山，悟空穿戴好盔甲，出洞迎战。
dǎ tóu zhèn de jù líng shén bèi wù kōng yí bàng jiù dǎ fān zài dì né zhā sān
打头阵的巨灵神被悟空一棒就打翻在地，哪吒三
tài zǐ lián máng chū zhèn hè dào wǒ shì tuō tǎ lǐ tiān wáng de sān tài zǐ né
太子连忙出阵，喝道："我是托塔李天王的三太子哪

西游记

吒，奉玉帝的旨令，特来捉你。"悟空说："管你是谁，你看看我的旗上是什么字号，回去告诉玉帝，如果他不给我这种官衔，我定要打上灵霄宝殿！"

悟空和哪吒都会三头六臂的法术，一时难分高下。

哪吒听了，变做三头六臂，手拿六种武器，恶狠狠地向悟空扑面打来。悟空见了，也变做三头六臂，用六只手拿着三根金箍棒相迎。二人各显神威，大战三十回合。

哪吒的六种武器变做千千万万，悟空的金箍棒则变做万万千千，二人的武器在空中舞得像雨点流星，不分胜负。这时，悟空手疾眼快，拔下一根毫毛，叫声："变！"这根毫毛变成他的模样，可他的真身却来到哪吒的身后，一棒子打到哪吒的后脑勺。哪吒只好忍痛逃走，落败而归。

哪吒回来告诉李天王："这猴子在洞口竖了一面大旗，写着'齐天大圣'四个字。他想让玉帝封他做齐天大圣，否则就打入天庭。"于是李天王回去禀告了玉帝。玉帝闻言大怒，这时太白金星又启奏道："天兵不一定能打败悟空，不如就封他'齐天大圣'的空官衔，只把他管制起来就行了。"于是玉帝写下圣旨，派太白金星前去招安。

太白金星又来到花果山，宣读了玉帝的圣旨。悟空见目的达到了，就开心地随太白金星重返天庭。玉帝命人在蟠桃园附近建起一座齐天大圣府，又派了两个仙吏服侍，悟空这才高高兴兴地上了任。

为了防止悟空闹事，玉帝给悟空修了一座齐天大圣府。

影响孩子一生的中国十大名著

在齐天大圣府内，悟空过得逍遥自在，无所事事。玉帝担心他惹事生非，就派他去看管蟠桃园。土地神告诉悟空，蟠桃园共有三千六百棵桃树，前、中、后各有一千二百棵。前面的桃树三千年一熟，人吃了能成仙；中间的桃树六千年一熟，人吃了能长生不老；后面的桃树九千年一熟，人吃了能和天地同寿，与日月同岁。悟空知道后，乐呵呵地进了蟠桃园。

一天，悟空看到树上的桃子熟了一大半，想

土地神讲起蟠桃的妙处，悟空听得直流口水。

chī gè xīn xiān　jiù zhī
吃个新鲜，就支

kāi shēn biān de tǔ dì
开身边的土地

shén hé suí cóng　pá shàng táo
神和随从，爬上桃

shù　　tā zuò zài shù zhī
树。他坐在树枝

shang　tiāo le qī bā
上，挑了七八

gè shú tòu de dà táo
个熟透的大桃

zi　　jìn qíng de chī ge
子，尽情地吃个

gòu　　chī bǎo hòu　　tā cái jiào shàng
够。吃饱后，他才叫上

悟空痛快地大吃蟠桃。

suí cóng huí fǔ　yǐ hòu měi gé liǎng sān tiān　　tā jiù lái dào pán táo yuán　shè
随从回府。以后每隔两三天，他就来到蟠桃园，设

fǎ zài qù tōu chī yí dùn pán táo
法再去偷吃一顿蟠桃。

zhè yì tiān　wáng mǔ niáng niang yào zài yáo chí kāi pán táo shèng huì　pài
这一天，王母娘娘要在瑶池开蟠桃盛会，派

qī xiān nǚ lái dào pán táo yuán zhāi táo　　tǔ dì shén gào sù tā men　yào xiǎng
七仙女来到蟠桃园摘桃。土地神告诉她们，要想

jìn táo yuán děi xiān gào zhī dà shèng　　dàn shì zhòng rén zhǎo le bàn tiān　què bú
进桃园得先告知大圣。但是众人找了半天，却不

jiàn dà shèng de rén yǐng　yuán lái　wù kōng chī guò táo zi　biàn chéng mǔ zhǐ
见大圣的人影。原来，悟空吃过桃子，变成拇指

cháng de xiǎo rén　zhèng duǒ zài yí piàn shù yè xià shuì jiào ne　qī xiān nǚ zài
长的小人，正躲在一片树叶下睡觉呢。七仙女在

táo yuán li zhuàn le bàn tiān　zhǐ zhāi dào jǐ gè bàn shēng bù shú de táo zi
桃园里转了半天，只摘到几个半生不熟的桃子。

yí gè xiān nǚ kàn dào yǒu gè bàn hóng bàn bái de táo zi　shēn shǒu qù zhāi
一个仙女看到有个半红半白的桃子，伸手去摘，

悟空质问仙女为何偷桃。

shéi zhī gāng pèng dào
谁知刚碰到

táo zi jiù bǎ shuì
桃子，就把睡

zài zhè gēn shù zhī
在这根树枝

shang de wù kōng jīng
上的悟空惊

xǐng le wù kōng
醒了。悟空

lì kè biàn huí yuán
立刻变回原

lái de mú yàng tāo
来的模样，掏

chū jīn gū bàng dà shēng
出金箍棒，大声

jiào dào hǎo dà dǎn gǎn lái tōu táo qī xiān nǔ xià de máng jiě shì yuán yīn
叫道："好大胆，敢来偷桃！"七仙女吓得忙解释原因。

zhè xià wù kōng zhī dào le wáng mǔ niáng niang yào kāi pán táo shèng huì qǐng
这下，悟空知道了王母娘娘要开蟠桃盛会，请

le gè lù shén xiān què dān dān méi yǒu yāo qǐng tā yú shì wù kōng shī zhǎn
了各路神仙，却单单没有邀请他。于是，悟空施展

dìng shēn shù dìng zhù le qī xiān nǔ gǎn dào yáo chí zhè shí yàn xí yǐ jīng bǎi
定身术，定住了七仙女，赶到瑶池。这时，宴席已经摆

hǎo le wǔ cǎi miáo jīn zhuō shang duī mǎn le zhēn xiū bǎi wèi yì guǒ jiā yáo
好了，五彩描金桌上堆满了珍馐百味、异果佳肴。

cǐ shí shén xiān men hái méi yǒu lái zhǐ yǒu jǐ gè pú rén zài gàn huó wù kōng bá
此时神仙们还没有来，只有几个仆人在干活。悟空拔

chū jǐ gēn háo máo jiāng tā men biàn chéng kē shuì chóng fàng dào pú rén de liǎn
出几根毫毛，将它们变成瞌睡虫，放到仆人的脸

shang zhè xiē rén mǎ shàng jiù shuì zháo le wù kōng duān qǐ měi jiǔ tòng tòng
上，这些人马上就睡着了。悟空端起美酒，痛痛

kuài kuài de hē le qǐ lái yòu chī le hěn duō shān zhēn hǎi wèi zhí dào hē de yūn
快快地喝了起来，又吃了很多山珍海味。直到喝得晕

晕乎乎，悟空才想到一会儿神仙们就来了，不如早点儿回去睡觉吧。

醉醺醺的悟空一路摇摇晃晃地走着，竟然来到了太上老君的丹房。太上老君恰好外出讲道，其他仙人也随他出去了，宫里没有人。悟空看到丹炉旁有五个葫芦，打开一看，发现里面有很多炼好的金丹。他想："今天趁太上老君不在，俺老孙也尝尝金丹的味道。"于是他把金丹都倒了出来，像吃炒豆似的，嘎嘣嘎嘣地大嚼起来。吃光了仙丹，悟空也醒酒了。他知道自己闯了弥天大祸，恐怕性命难保，急忙使了个隐身法，逃回花果山。

悟空趁太上老君不在，把他的仙丹都吃光了。

七仙女解脱定身法后，急忙回去禀报王母娘娘。王母娘娘又得知仙酒被偷喝，太上老君也发现仙丹被吃光，大家就一起向玉帝告状。玉帝听后勃然大怒，下令李天王和哪吒挂帅，率十万天兵天将下凡，布下十八架天罗地网，围困花果山，捉拿孙悟空。

来到花果山后，九耀星官首先迎战悟空，结

李天王和哪吒来到花果山，准备捉拿孙悟空。

果只打了几个回合，就败下阵来。接着，四大天王与二十八星宿一齐上阵再战，悟空派出独角鬼王、七十二洞妖王迎战。双方打得天昏地暗，直到快天黑时，天兵天将才捉住独角鬼王、七十二洞妖王。悟空见不能取胜，就拔出一把毫毛，放在嘴里嚼碎一喷，变出无数个小猴子，这才打退天兵天将。

大力鬼王和惠岸向玉帝禀告战情。

话说观音菩萨带着弟子惠岸赶赴蟠桃盛会，却见瑶池遍地狼藉。得知有猴怪搅乱天庭后，她派惠岸前往花果山，协助天兵天将作战。惠岸驾云来到花果山，与悟空战了五六十回合。悟空越战越勇，惠岸战得胳膊酸麻，只好落荒而逃。李天王派大力鬼王和惠岸回天启奏。二人回到天庭后，菩萨听说天兵战不过那泼猴，又向玉帝推荐一位

神仙，他就是住在灌江口、神通广大的显圣二郎真君，人称"二郎神"。接到玉帝的诏令，二郎神便率领

二郎神与悟空正在激战。

神兵，牵着哮天犬，直奔花果山。

一见面，二郎神就布好阵势，同悟空恶战起来。他们打了三百多回合，仍然分不出胜负。这时，二郎神摇身一变，变成身高万丈、青面獠牙、一头朱红色头发的凶恶模样。他用两手高举三尖两刃锋刀，恶狠狠地向悟空劈头砍过来。悟空毫不示弱，也变得像二郎神一样高，举着金箍棒，打向对手。

两人正打得难解难分时，二郎神的手下杀向花果山，打得猴兵们丢刀弃甲，跑的跑，散的散。

悟空看到众猴惊散，心里发慌，赶紧把金箍棒藏在

耳朵里，刹那间变成一只小麻雀，飞到树梢上。二郎神立刻变成一只恶鹰，飞身去扑打麻雀。悟空又变成一只大鹚鸟，冲天而去。二郎神急抖翎毛，变成一只大海鹤，钻入云霄去啄。悟空又冲入水里，变成一条鱼。二郎神扑到水边，变成一只鱼鹰，在水面上等着咬他。悟空蹿出水面，变成一条蛇，游到岸边，钻入草丛中。二郎神追过来，变成一只灰鹤，要去捉蛇。悟空只好再变成一只鸟，飞到空中。二郎神拿出弹弓，瞄准悟空便打。悟空赶紧滚下山崖，在河边变成一座土地庙。他张开的嘴变成庙门，舌头变作菩萨，眼睛变成窗户，只有尾巴不

孙悟空变成麻雀，二郎神立刻变成恶鹰。

西游记

齐天大圣大闹天宫　31

hǎo biàn　zhǐ néng biàn chéng qí gān　chā zài miào yǔ hòu mian
好变，只能变成旗杆，插在庙宇后面。

èr láng shén zhuī dào hé biān　kàn dào miào yǔ de qí gān chā zài hòu mian
二郎神追到河边，看到庙宇的旗杆插在后面，

zhī dào shì wù kōng biàn de　jiù yào tái jiǎo tī miào　wù kōng pū de yí xià tiào
知道是悟空变的，就要抬脚踢庙。悟空扑的一下跳

dào kōng zhōng bú jiàn le　yuán lái tā biàn chéng èr láng shén de mú yàng　pǎo dào le
到空中不见了，原来他变成二郎神的模样，跑到了

guàn jiāng kǒu　zhè lǐ yǒu èr láng shén de shén miào　wù kōng zhèng zhuāng mú zuò
灌江口，这里有二郎神的神庙。悟空正装模作

yàng de chá kàn xiāng huǒ shí　jiàn èr láng shén zhuī gǎn jìn lái　zhǐ hǎo xiàn chū yuán
样地查看香火时，见二郎神追赶进来，只好现出原

xíng　èr rén yòu yí lù dǎ huí huā guǒ shān　zhè shí　gè lù de tiān bīng tiān jiàng
形，二人又一路打回花果山。这时，各路的天兵天将

yì yōng ér shàng　jiāng wù kōng tuán tuán wéi zhù
一拥而上，将悟空团团围住。

zài shuō yù dì　guān yīn pú sà　tài shàng lǎo jūn yì zhí bú jiàn èr láng
再说玉帝、观音菩萨、太上老君一直不见二郎

孙悟空变成一座土地庙，二郎神见了抬脚就踢。

神获胜归来，就亲自赶往南天门，遥望下界，想看个究竟。太上老君见众人难捉妖

悟空被哮天犬咬住了腿肚子。

猴，就将起衣袖，从左胳膊上取下一个圈子，说："这件兵器是用还丹点成的，善于变化，能套住百物，又叫金钢琢。"他看准悟空的脑袋，用力扔了出去。悟空正在酣战，没想到天上掉下个兵器，顿时被砸得跌倒在地。

悟空刚要爬起来，二郎神的哮天犬追上来，一口咬住了他的腿肚子。周围的天将赶快围了上来，用勾刀穿住了他的琵琶骨，使他不能再变化，又用绳索把他捆个结结实实，将他带回天庭，听凭玉皇大帝发落。

第七章 | 如来佛施法镇大圣

回到天庭后，玉帝传旨，将悟空押到斩妖台处置。可是，无论刀砍斧剁，还是雷劈火烧，都不能伤他半根毫毛。原来悟空吃过太上老君的仙丹，已经炼成金钢不坏之躯了。

在太上老君的建议下，悟空被扔进八卦炉里，想把他烧成灰烬。八卦炉里火光冲天，酷热难耐，悟空在里面蹦来跳去，无意中跳到"巽宫"的位置，这里只有烟没有火，所以悟空只被烟熏得两眼通红，还炼就了一双"火眼金睛"。炉火烧了四十九天，太上老君觉得火候到了，就命童子开炉。谁知炉门一开，悟空从里面蹦了出来，一脚踢倒

悟空被扔到八卦炉里，结果炼就了"火眼金睛"。

了八卦炉。接着，悟空掏出金箍棒，一路打到灵霄宝殿外，变成了三头六臂，与三十六员雷将展开激战。悟空很快占了上风。玉帝吓坏了，立刻传旨派人请来了

悟空开始没有把佛祖放在眼里。

西天如来佛祖救驾。

如来佛祖来到灵霄宝殿外，微笑着对正在打斗的悟空说："我是西天极乐世界的释迦牟尼佛祖。听说你胆大妄为，不知你为何这么霸道？"悟空说："我是花果山的灵仙，想坐坐玉帝的宝座哩！"

如来佛祖说："我们打个赌吧！如果你能翻出我的手掌心，我就叫玉帝让位给你！"悟空心想："这下我赢定了，他的手掌方圆不到一尺，怎会

悟空在柱子上留下记号。

跳不出去呢？"于是，他站在如来佛祖的手掌心上，

大喊一声："我去了！"说完翻了一个筋斗，转眼就

跑得无影无踪。

　　悟空不记得翻了多少个筋斗，正跑着，忽然

看到前面有五根大柱子支撑青天，就以为到天边

了。他变出一只毛笔，在中间的柱子上写下"齐

天大圣到此一游"几个大字。接着，悟空在第一

根柱子下撒了泡猴尿，这才驾起筋斗云，得意洋

洋地回到如来佛祖的手掌里。如来佛祖说："回

头看看，你离开过我的手掌心吗？"悟空回头一看，发现自己写的字竟在如来佛祖的中指上，如来佛祖的拇指缝里还有一股猴尿骚气呢。

悟空大吃一惊，转身就要逃跑。如来佛祖将手掌一翻，把他推入凡间，手指变成金、木、水、火、土五座大山，将他压在山下。玉帝和神仙们开始庆贺起来。这时，忽然有仙官进殿报告说："不好了，悟空快把五行山摇倒了！"如来佛祖从袖中取出一张帖子，让人贴在山顶，五行山顿时稳住了。随后，如来佛祖吩咐五行山周围的土地神和五方揭谛，让他们看押悟空。

如果悟空饿了，就给他

铁丸子吃；渴了，

就给他铜水喝。

等刑期满了，

自然会有人

来救他。

悟空被压在五行山下。

guān yīn pú sà fèng rú lái fó zǔ de fǎ zhǐ　　lái dào dōng tǔ dà táng
观音菩萨奉如来佛祖的法旨，来到东土大唐，

xún zhǎo qù xī tiān qiú qǔ sān zàng zhēn jīng de rén　　pú sà xún fǎng hěn cháng
寻找去西天求取三藏真经的人。菩萨寻访很长

shí jiān　　yì zhí méi yǒu zhǎo dào hé shì rén xuǎn　　yì tiān　　fǎ shī xuán zàng zhèng
时间，一直没有找到合适人选。一天，法师玄奘正

zài cháng ān chéng xuān jiǎng fó fǎ　　pú sà kàn dào xuán zàng　　qiā zhǐ suàn chū tā
在长安城宣讲佛法，菩萨看到玄奘，掐指算出他

shì fó zǐ zhuǎn shì　　yú shì àn zhōng xuǎn dìng le　　tā
是佛子转世，于是暗中选定了他。

pú sà biàn chéng sēng rén de mú yàng　　pěng zhe jiā shā hé xī zhàng liǎng
菩萨变成僧人的模样，捧着袈裟和锡杖两

jiàn bǎo wù lái dào huáng gōng　　ràng táng tài zōng jiāng bǎo wù zhuǎn sòng gěi xuán zàng
件宝物来到皇宫，让唐太宗将宝物转送给玄奘，

táng tài zōng gāo xìng de dā yìng
唐太宗高兴地答应

le　　zhè yì tiān　　zài
了。这一天，在

fó jīng dà huì shang
佛经大会上，

táng tài zōng yǔ zhòng
唐太宗与众

rén zhèng zài tīng xuán
人正在听玄

zàng jiǎng shòu fó
奘讲授佛

jīng　　guān yīn pú
经，观音菩

sà biàn zài fǎ tán shàng
萨便在法坛上

观音菩萨在空中现身。

空现出原身。众人见了纷纷跪地膜拜。观音菩萨说：

"在西天天竺国大雷音寺那里，如来佛祖

唐太宗和玄奘依依惜别。

藏有三藏真经，如果有人取经回来，大家便能修成善果。"说完，就驾着祥云离去了。

唐太宗当即询问众人，有谁肯去西天拜佛求经。这时，玄奘走上前，表示愿意去取经。唐太宗很高兴，立即与他结拜成兄弟，称他为"御弟圣僧。"第二天一早，唐太宗设朝，将通关文牒、紫金钵盂、袈裟和锡杖亲手交给玄奘，并赐给他一匹好马。唐太宗对玄奘说："观音菩萨说西天藏有三藏真经，我就为你取法号为'唐三藏'吧！"三藏谢过唐太宗后，辞别众人，踏上西天取经之路。

唐僧穿着菩萨赐予的袈裟，挂着锡杖，一路往西天而行。这年深秋，唐僧来到五行山下，见此山高耸入云，险峻异常。唐僧正发愁如何过山时，忽听山脚下有人高声喊道："师父！师父！"唐僧听得既害怕又奇怪，就战战兢兢地四下寻找。

没多久，他看到石缝里有只猴子。这猴子正从狭窄的石缝里探出头，大声乱叫："师父，你怎

唐僧在山下的
石缝里见到悟空。

么这时才来？
快救我出去，我
保你去西天取
经。"唐僧不解
地问道："你是
谁？为什么叫
我师父？"悟

唐僧来到山顶上，想去揭帖子。

空说："我乃是五百年前大闹天宫的孙悟空，被如

来佛祖压在山下。前不久，观音菩萨路过这里，见

我可怜，让我皈依佛门，保护取经人去西天取经，

这样我就能赎罪。师父，快救我出去吧，让我保你

去西天取经！"唐僧问他："我没有斧头，怎么才

能救你出来呢？"悟空说："山顶有一张如来佛祖

的帖子，只要揭下它，我自会出来。"

　　唐僧走到高山顶上，对着帖子拜了几拜，才

把它揭了下来。这时，悟空又叫道："师父，请你

走远点儿，我好出来，免得吓到你！"唐僧走了五

悟空拜唐僧为师。

liù lǐ tīng dào wù kōng
六里，听到悟空

hái zài jiào zài yuǎn
还在叫："再远

xiē zài yuǎn xiē
些！再远些！"

táng sēng yòu zǒu yuǎn
唐僧又走远

yì xiē zhǐ tīng jiàn
一些，只听见

yí zhèn shān bēng dì
一阵山崩地

liè hòu wù kōng yǐ
裂后，悟空已

jīng guì zài tā de
经跪在他的

miàn qián kòu tóu dào shī fu shī fu wǒ chū lái le
面前，叩头道："师父！师父！我出来了！"

táng sēng wèn tú ér nǐ xìng shén me wù kōng shuō wǒ xìng sūn
唐僧问："徒儿，你姓什么？"悟空说："我姓孙，

míng wù kōng táng sēng gāo xìng de shuō zhè míng zi tǐng xiàng sēng rén de
名悟空。"唐僧高兴地说："这名字挺像僧人的。

wǒ zài gěi nǐ qǐ ge bié míng ba jiào zuò xíng zhě hǎo ma wù kōng xīng
我再给你起个别名吧，叫做行者，好吗？"悟空兴

fèn de shuō hǎo hǎo tā lì suo de bǎ táng sēng fú shàng mǎ bēi qǐ
奋地说："好！好！"他利索地把唐僧扶上马，背起

bāo fu kāi shǐ xiàng xī ér xíng guò le wǔ xíng shān lù biān hū rán chōng chū
包袱，开始向西而行。过了五行山，路边忽然冲出

yì zhī měng hǔ páo xiào zhe chōng xiàng táng sēng xià de táng sēng dùn shí huāng
一只猛虎，咆哮着冲向唐僧，吓得唐僧顿时慌

le shǒu jiǎo wù kōng shuō shī fu bié pà wǒ yǒu yī fu chuān le shuō
了手脚。悟空说："师父别怕，我有衣服穿了！"说

zhe tā cóng ěr duo li qǔ chū jīn gū bàng huàng chéng wǎn kǒu cū xì rán hòu
着，他从耳朵里取出金箍棒，晃成碗口粗细，然后

影响孩子一生的中国十大名著

yíng xiàng měng hǔ hè dào niè xù wǎng nǎ lǐ pǎo lǎo hǔ tīng le tā
迎向猛虎，喝道："孽畜，往哪里跑？"老虎听了他

de huà lì kè fú zài dì shang bù gǎn dòng le wù kōng zǒu shàng qián duì zhe
的话，立刻伏在地上不敢动了。悟空走上前，对着

lǎo hǔ dāng tóu dǎ le yí bàng yí xià zi bǎ tā dǎ sǐ le suí hòu tā bá
老虎当头打了一棒，一下子把它打死了。随后，他拔

xià yì gēn háo máo jiào shēng biàn jiù biàn chū yì bǎ jiān dāo tā bǎ
下一根毫毛，叫声"变"，就变出一把尖刀。他把

hǔ pí bāo xià lái wéi zài yāo jiān bǎ tā dāng zuò yī fu
虎皮剥下来，围在腰间，把它当作衣服。

tāng sēng wèn wù kōng gāng cái zhè zhī lǎo hǔ jiàn le nǐ zěn me pā zài
唐僧问悟空："刚才这只老虎见了你，怎么趴在

dì shang bú dòng rèn nǐ dǎ ne wù kōng zì háo de shuō shī fu bié shuō
地上不动，任你打呢？"悟空自豪地说："师父，别说

shì yì zhī lǎo hǔ jiù shì yì tiáo lóng jiàn le tú ér yě bù gǎn wú lǐ wǒ
是一只老虎，就是一条龙，见了徒儿也不敢无礼。我

yǒu xiáng lóng fú hǔ fān tiān fù dì de běn lǐng
有降龙伏虎、翻天覆地的本领。

悟空一棒子打死了
老虎，把唐僧吓坏了。

zài yù dào wēi xiǎn shí
再遇到危险时，

nǐ zài kàn wǒ shī zhǎn
你再看我施展

běn lǐng ba táng
本领吧！"唐

sēng tīng le xīn
僧听了，心

li gǎn dào hěn
里感到很

tā shi yǒu běn
踏实，有本

lǐng rú cǐ gāo qiáng de tú dì
领如此高强的徒弟，

lù shang jiù bú yòng dān xīn le
路上就不用担心了。

西游记

影响孩子一生的中国十大名著

这天，师徒二人正走着，忽见路边跳出六个强盗，手里拿着长枪短剑，要抢他们的马匹和包袱。唐僧被吓得跌下马来。悟空扶起师父，说道："师父别怕，他们是来送衣服和盘缠的。"

悟空上前对强盗说："你们把抢来的金银珠宝都拿出来，跟我平分，我就饶了你们。"强盗哪里肯给，拿着刀枪就向悟空乱砍。悟空取出金箍棒，把强盗一个个打死了。唐僧见悟空打死了人，十分生气，责备他说："就算他们是强盗，也不至于被打死呀！你这样乱伤人性命，怎么能去西

唐僧责备悟空随便杀人。

tiān qǔ jīng ne?"
天取经呢？"

wù kōng jiàn táng sēng
悟空见唐僧

xù xù dāo dāo,
絮絮叨叨，

àn nà bú zhù xīn
按捺不住心

tóu zhī huǒ shuō
头之火，说：

jì rán shī fu kàn
"既然师父看

老婆婆给了唐僧一件锦衣和一顶花帽。

bú shàng wǒ ǎn lǎo sūn zǒu le shuō wán tā yí zòng shēn jià zhe jīn
不上我，俺老孙走了！"说完，他一纵身，驾着筋

dǒu yún lí kāi le
斗云离开了。

táng sēng zhǐ hǎo gū líng líng de wǎng qián zǒu xīn li yòu qì yòu pà
唐僧只好孤零零地往前走，心里又气又怕。

zhèng zǒu zhe yíng miàn guò lái gè lǎo pó po shǒu li ná zhe yí jiàn jǐn yī
正走着，迎面过来个老婆婆，手里拿着一件锦衣、

yì dǐng huā mào lǎo pó po xún wèn táng sēng de lái lì táng sēng jiù bǎ shì
一顶花帽。老婆婆询问唐僧的来历，唐僧就把事

qing de jīng guò jiǎng le chū lái lǎo pó po shuō nǐ de tú dì huì huí lái
情的经过讲了出来。老婆婆说："你的徒弟会回来

de děng tā huí lái nǐ jiù gěi tā chuān dài shàng yī mào wǒ zài jiāo nǐ yì
的。等他回来，你就给他穿戴上衣帽。我再教你一

piān jǐn gū zhòu rú guǒ tā zài nào nǐ jiù niàn jǐn gū zhòu shuō wán zhòu
篇'紧箍咒'，如果他再闹，你就念紧箍咒。"说完咒

yǔ lǎo pó po huà zuò yí dào jīn guāng xiāo shī le táng sēng měng rán xǐng
语，老婆婆化作一道金光消失了。唐僧猛然醒

wù zhī dào shì pú sà xiǎn líng máng guì dì mó bài
悟，知道是菩萨显灵，忙跪地膜拜。

wù kōng lí kāi táng sēng hòu yí gè jīn dǒu lái dào dōng hǎi lóng gōng
悟空离开唐僧后，一个筋斗来到东海龙宫，

西游记

lóng wáng lián máng qǐ
龙王连忙起

shēn xiāng yíng
身相迎。

tā zhī dào shì qing
他知道事情

de jīng guò hòu
的经过后，

jiù kāi shǐ quàn shuō
就开始劝说

wù kōng dào dà
悟空道："大

shèng zhǐ tú zì zài dào
圣只图自在，到

dǐ hái shì gè yāo xiān zhǐ yǒu
底还是个妖仙，只有

龙王劝说悟空，让他继续保护师父。

jì xù bǎo hù táng sēng qǔ jīng cái néng xiū chéng zhèng guǒ a wù kōng tīng
继续保护唐僧取经，才能修成 正果啊。"悟空听

le bú nài fán de shuō bú yòng shuō le wǒ huì huí qù bǎo hù shī fu de
了，不耐烦地说："不用 说了，我会回去保护师父的。"

běn lái wù kōng lí kāi táng sēng hòu yě kāi shǐ hòu huǐ yú shì tā jià qǐ jīn dǒu
本来悟空离开唐僧后，也开始后悔，于是他驾起筋斗

yún chóng xīn huí dào shī fu shēn biān
云，重新回到师父身边。

wù kōng lái dào shī fu de miàn qián shuō shī fu nǐ bié shēng qì le
悟空来到师父的面前，说："师父，你别生气了，

wǒ qù gěi nǐ nòng xiē zhāi fàn lái táng sēng shuō bú yòng le bāo fu li yǒu
我去给你弄些斋饭来。"唐僧说："不用了，包袱里有

gān liáng nǐ qù chī ba wù kōng dǎ kāi bāo fu kàn dào jǐn yī huā mào xīng
干粮，你去吃吧。"悟空打开包袱，看到锦衣花帽，兴

fèn de shuō zhēn hǎo kàn shī fu wǒ kě yǐ chuān ma táng sēng tóng
奋地说："真好看！师父，我可以穿吗？"唐僧同

yì le wù kōng máng chuān shàng yī fu dài shàng mào zi měi de sì chù
意了。悟空忙穿 上衣服，戴上帽子，美得四处

乱转。

看到悟空穿戴好了，唐僧开始念起紧箍咒。

悟空痛得在地上直打滚儿，可帽子里的金箍像长在肉里一样，越缩越紧，怎么也取不下来。唐僧一住口，悟空马上就不痛了。悟空知道头痛是师父念咒引起的，连忙大叫："师父，求求你，千万别念了！"唐僧问他："你今后还听不听我的教诲？"悟空老老实实地说："听！我以后再也不敢对师父无礼了！一定好好听师父的话，保护你去西天取经！"

唐僧念起紧箍咒，
痛得悟空在地上直打滚。

第十一章 | 小玉龙变身大白马

转眼到了冬天，北风凛冽。师徒俩正走在蛇盘山鹰愁涧边，这时，涧里突然钻出一条玉龙，扑向唐僧。悟空忙背起师父，转身就跑。玉龙追不上他们，就一口把唐僧的马吞掉了，转眼潜入水中。悟空回来发现马不见了，站在涧边骂道："泼泥鳅，还我马来！"玉龙听到骂声，气得翻出水面，张牙舞爪地和悟空打斗起来。

玉龙含着明珠，喷出彩雾；悟空拿着金箍棒，舞起狂风。二人大显神能，斗了很久。玉龙渐渐地没了力气，转身钻进水里，不管悟空怎么骂，就是

孙悟空与玉龙对打起来。

影响孩子一生的中国十大名著

不肯出来。悟空没有办法，只好独自回去了。唐僧见状，说："前几天，你还夸自己有降龙伏虎、翻天覆地的本领，怎么今

孙悟空搅动涧水，逼迫玉龙出来。

天却降不了他？"悟空被激怒了，来到涧边，掏出金箍棒，使出翻江倒海的本领，把清澈的涧水搅得像开了锅。玉龙受不了了，只好从水里跳了出来。悟空叫道："快还我的马！"玉龙说："我把马吃了，吐不出来。"悟空怒道："那我就打死你，给马偿命！"说完两人又打了起来，玉龙打不过悟空，就变成一条水蛇，溜进草丛里。

悟空找不到蛇，把山神和土地神叫了出来，问道："这是哪里跑出来的玉龙，竟然敢吃俺老孙

菩萨为玉龙说情，想让他保护唐僧取经。

的马？"山神和土地神告诉悟空："这条玉龙是观音菩萨留在这儿的，等着取经人呢。"原来这条玉龙本是西海龙王的儿子，因放火烧了灵霄宝殿上的明珠，犯了死罪，是菩萨讲了情，让玉龙在蛇盘山鹰愁涧边等候唐僧到来，以便当他的坐骑。悟空一听，连忙要去找菩萨。

这时，金头揭谛来了，他帮悟空请来了菩萨。菩萨告诉悟空："这条玉龙不是普通的龙，而是特意为唐僧准备的龙马。"她又对揭谛说："你到涧边叫一声'敖闰龙王三太子，你出来，有南海观音菩萨在此'，他就会出来。"

果然，揭谛叫了两遍后，玉龙就蹿出水面，在

小玉龙变身大白马

空中向菩萨拜礼。菩萨上前，用杨柳枝在净瓶

里蘸了点儿甘露，洒在玉龙身上，又吹了口仙气，

说声"变"，小玉龙就变成了一匹大白马。菩萨

又摘下三片杨柳叶，把它贴在悟空的脑后，变成

三根救命毫毛，说："如果遇到紧急情况，这三根

毫毛可救你性命。"说完，她乘着祥云离开了。

悟空牵着白马，回来把经过告诉了师父。唐

僧焚香谢过菩萨，便带着悟空继续西行。

菩萨把小玉龙变成了大白马。

西游记

第十二章 | 观音院袈裟惹风波

早春的一天，师徒俩来到观音禅院。寺院里的老方丈是个爱慕虚荣的人。他知道唐僧来自东土大唐后，问他有什么宝物。唐僧不愿惹是生非，就说："路途遥远，哪有什么宝贝？"快嘴的悟空却说："师父的袈裟不就是个宝贝吗？给他们瞧瞧吧！"

悟空取出袈裟，一展开，顿时金光四射，满室霞光。老方丈一看动了心，他提出要把袈裟借回去看一晚，第二天再归还。唐僧无奈，只好同意了。

半夜里，悟空警觉地听到窗下有动静，就变成蜜蜂出去察看。他看到一群和尚

悟空拿出师父的袈裟炫耀。

zhèng zài fáng mén wài duī chái
正在房门外堆柴
cǎo   lì kè míng bai lǎo
草，立刻明白老
fāng zhàng xiǎng fàng huǒ
方丈想放火
shāo sǐ tā men   bǎ jiā
烧死他们，把袈
shā zhàn wéi jǐ yǒu
裟占为己有。
yú shì   tā yí gè
于是，他一个
jīn dǒu lái dào
筋斗来到
nán tiān mén   zhǎo
南天门，找

悟空向广目天王借避火罩。

guǎng mù tiān wáng jiè lái bì huǒ zhào   zhào zhù le fáng jiān   tā hái xiǎng xì
广目天王借来避火罩，罩住了房间。他还想戏
nòng yí xià zhòng sēng   kàn dào tā men kāi shǐ diǎn huǒ   jiù gù yì chuī qǐ yí
弄一下众僧，看到他们开始点火，就故意吹起一
zhèn dà fēng   bǎ huǒ shì chuī dà   sì yuàn dùn shí xiàn rù huǒ hǎi zhī zhōng
阵大风，把火势吹大。寺院顿时陷入火海之中。
dà huǒ jīng dòng le fù jìn hēi fēng dòng li de hēi fēng guài   tā kàn dào guān
大火惊动了附近黑风洞里的黑风怪，他看到观
yīn chán yuàn shī huǒ le   jiù guò lái chá kàn   hēi fēng guài wú yì jiān fā xiàn le
音禅院失火了，就过来察看。黑风怪无意间发现了
fāng zhàng fáng li de jiā shā   bù yóu de xǐ chū wàng wài   bǎ jiā shā shùn shǒu tōu
方丈房里的袈裟，不由得喜出望外，把袈裟顺手偷
zǒu le   dà huǒ yì zhí shāo dào wǔ gēng shí fēn   jiàn huǒ kuài xī miè le   wù
走了。大火一直烧到五更时分，见火快熄灭了，悟
kōng cái bǎ bì huǒ zhào huán gěi guǎng mù tiān wáng   qīng chén   táng sēng qǐ chuáng
空才把避火罩还给广目天王。清晨，唐僧起床
hòu   kàn dào zuó tiān hái hǎo hǎo de guān yīn chán yuàn   yí yè zhī jiān jìng biàn
后，看到昨天还好好的观音禅院，一夜之间竟变

观音院裂裟惹风波   53

成残垣断壁，感到非常奇怪。悟空把昨晚的事都告诉了他。唐僧惦记着袈裟，忙和悟空到方

悟空询问袈裟的去处，可和尚答不上来。

丈的房间查看。老方丈听说唐僧师徒没有死，不禁又急又怕，因为袈裟已经找不到了，又见寺院已经烧毁，没有办法，他只好撞墙自杀了。

悟空到处都找不到袈裟，就问和尚："周围有什么妖怪吗？"和尚说："附近的黑风洞里有个黑风怪。"悟空问明方向后，马上赶往黑风洞。正走着，忽听山坡上有人说话，悟空忙躲到石头后偷望，只见前面来了三个妖怪，分别是一个黑汉、一个道人和一个白衣秀才。黑汉正吹嘘说："哈哈，昨晚我弄到一件宝贝袈裟，后天我办生日宴会时，大家来好好儿看看吧！"悟空听了忍不住跳出来，打死了白衣秀才，黑风怪和道人则化风逃走了。

悟空追进深山，找到黑风洞，高声叫道："开门！快还我袈裟！"黑风怪听到叫声，手持一杆黑樱枪出来迎战。但他哪里是悟空的对手，打了十来个回合，他就逃回洞中，再也不敢出来了。悟空只好回到观音禅院，把情况告诉师父，又请和尚们照顾好他。然后，悟空飞到南海，请来观音菩萨帮忙。二人来到黑风山，恰好碰到上次逃走

黑风怪出洞迎战，可他根本不是悟空的对手。

的道人。他的手里正捧着玻璃盘，盘上放着两粒仙丹。悟空一棒打过去，一下子打死了道人，原来是一只苍狼。悟空见盘子上刻着"凌虚子制"几个字，脑筋一转，对菩萨说："菩萨，这个叫凌虚子的狼妖是黑风怪的朋友。他肯定是去给老妖祝寿的，不如让我变成一粒略大些的仙丹，你变作凌虚子，捧着盘子去向黑风怪献丹，怎么样？"

菩萨同意了，按悟空说的计策变成道人，把仙丹送给黑风怪，还哄他吃下大粒的仙丹。黑风怪刚吃下仙丹，悟空就在他的肚子

悟空和观音菩萨一起商量对策。

观音院袈裟惹风波

里显了原形，乱打一气，痛得黑风怪满地打滚儿。菩萨也恢复了原形，说："你还是交出袈裟吧！"黑风怪满口答应，悟空就从妖怪的鼻孔里钻了出来。

黑风怪跪在地上，向观音菩萨求饶。

谁知，黑风怪见悟空出来了，不服气地举枪就刺。菩萨扔出一个箍，套在黑风怪的头上，念起咒语。黑风怪又疼得受不了，这才乖乖地交出袈裟。

悟空气愤地要棒打妖怪，菩萨拦住说："悟空，别打了。我那落伽山无人看管，就让他做个守山神吧！"悟空这才谢过菩萨，捧着袈裟回到了观音禅院。唐僧见袈裟完好无损，终于放下心来。

第二天一早，师徒俩便离开观音禅院，继续向西赶路了。

yì tiān táng sēng hé wù kōng lái dào yí gè cūn zhuāng méi zǒu duō jiǔ
一天，唐僧和悟空来到一个村庄。没走多久，

tā men jiù yù dào yí gè shào nián cóng shào nián de kǒu zhōng liǎng rén dé zhī
他们就遇到一个少年。从少年的口中，两人得知

zhè lǐ jiào gāo lǎo zhuāng shào nián shì zhuāng zhǔ gāo tài gōng de jiā dīng xiàn
这里叫高老庄，少年是庄主高太公的家丁。现

zài gāo jiā zhāo lái le yāo guài zhèng yào qù qǐng fǎ shī zhuō yāo ne wù kōng
在高家招来了妖怪，正要去请法师捉妖呢。悟空

shuō huí qù gào sù nǐ jiā zhuāng zhǔ jiù shuō néng zhuō yāo de rén lái le
说："回去告诉你家庄主，就说能捉妖的人来了。"

shào nián tīng le gǎn jǐn pǎo huí qù bǐng gào gāo tài gōng
少年听了，赶紧跑回去禀告高太公。

gāo tài gōng wén yán dà xǐ lián máng bǎ shī tú qǐng dào jiā li shuō
高太公闻言大喜，连忙把师徒请到家里，说

高太公向悟空讲他的妖怪女婿。

qǐ shì qing de jīng guò yuán
起事情的经过。原

lái gāo tài gōng yǒu sān gè
来，高太公有三个

nǚ ér dà nǚ ér hé
女儿，大女儿和

èr nǚ ér dōu chū jià
二女儿都出嫁

le zhǐ shèng xià xiǎo
了，只剩下小

nǚ ér tā xiǎng zhāo
女儿，他想招

ge shàng mén nǚ xu
个上门女婿

yǎng lǎo sān nián
养老。三年

前，庄里来了个小伙子，自称是福陵山人，姓猪，无父无母，愿意到高家当女婿。刚进门时，这个女婿倒也

高太公和小女儿终于见面了。

勤快，耕田种地，收割庄稼。可没过多久，这个女婿竟长成长嘴大耳的样子，一顿饭要吃三五斗米，活像头猪。再后来他就云里来，雾里去，飞沙走石，把村里的人吓得要死。高太公害怕了，想退掉这个女婿。女婿一生气，就把高太公的小女儿关在后宅院里，不让父女二人见面。

悟空跟高太公来到后宅院，用金箍棒捣碎门锁，救出了高太公的小女儿。父女俩一见面，不禁抱头痛哭。悟空让高太公带着小女儿离开，自己则变妖怪想挣脱悟空往前跑。

成她的模样，坐在房间里等着妖怪。没多久，一阵狂风吹过，天空中顿时飞沙走石，妖怪随即出现了。悟空装作生病的样子，坐在床上直喊难受。妖怪过来好言安慰，却被悟空一把推倒在地。悟空说："我父亲对你这个女婿不满，要请法师来捉你呢！"妖怪说："我才不怕呢！"悟空故意说："我听说，请来的是五百年前大闹天宫的齐天大圣！"妖怪听了，顿时心生恐惧，忙说："那我走了，我们做不成夫妻了！"他开门就要溜走，却被悟空一把扯住了。悟空把脸一抹，现出真身，喝道："妖怪，抬头看看我是谁？"妖怪抬头一看，吓得手脚发麻，赶紧挣破衣服，化成一阵风逃走了。

wù kōng zhuī zhe yāo guài　　lái dào yí zuò gāo shān qián　　zhǐ jiàn yāo guài
悟空追着妖怪，来到一座高山前，只见妖怪

zuān jìn le shān dòng　suí jí qǔ chū yì bǐng jiǔ chǐ dīng pá chū lái yíng zhàn
钻进了山洞，随即取出一柄九齿钉耙出来迎战。

wù kōng wèn dào　　nǐ shì nǎ lǐ lái de yāo guài　zěn me zhī dào wǒ de míng
悟空问道："你是哪里来的妖怪，怎么知道我的名

hào　　　yāo guài shuō　　wǒ běn shì shàng jiè de tiān péng yuán shuài　yīn zuì
号？"妖怪说："我本是上界的天蓬元帅，因醉

jiǔ tiáo xì le cháng é　　bèi biǎn xià fán　bú liào tóu tāi shí　jū rán diào jìn
酒调戏了嫦娥，被贬下凡。不料投胎时，居然掉进

mǔ zhū tāi li　wǒ jiù chéng le xiàn zài de yàng zi　　wù kōng shuō　　nǐ zhè
母猪胎里，我就成了现在的样子。"悟空说："你这

bù zhī xiū chǐ de dōng xi　　dào le fán jiān jìng rán hái qiáng zhàn mín nǚ　　chī
不知羞耻的东西，到了凡间竟然还强占民女，吃

wǒ yí bàng　　　shuō wán liǎng rén dǎ le qǐ lái　　dǎ dào tiān kuài liàng shí　yāo
我一棒！"说完两人打了起来。打到天快亮时，妖

妖怪拿着九齿钉耙与悟空对打。

怪终究敌不过悟空，就变成狂风回到洞里，再也不出来了。

悟空来到洞口，把洞门打得粉碎，使劲儿地叫骂着。妖怪气得跳了出来，大骂道："你这猴子真是多管闲事！我做高老庄的女婿，与你有什么关系！"悟空说："哼！我保护唐僧去西天取经，高太公请求我降妖，我才出手相助的！"妖怪赶紧扔下钉耙说："取经人在哪儿？快带我见他。观音菩萨让我帮助取经人去西天取经呢！"悟空怕他使计，就把他的双手捆住，揪着他的耳朵，回到了高老庄。妖怪见到唐僧，就叩头喊师父，又把菩萨劝他行善的事说了一遍。唐僧听了很高

妖怪拜唐僧为师。

唐僧师徒三人去西天取经。

兴，认下这个徒弟，还给他取个诨名，叫八戒。

上路前，八戒对高太公说："爹，我现在要去做和尚了，你好好儿照看我的老婆。万一哪天取不成经了，我还回来做你的女婿！"悟空呵斥道："呆子，你别胡说！"八戒却说："猴哥，我没胡说。我怕万一当不了和尚，老婆也丢了，那不是两头都落空了？"唐僧忙打断他们，说："好了，别吵了，取经才是正道。我们还是趁早赶快出发吧！"于是，三人离开高老庄，向西行去。

第十四章 | 孙悟空大战黄风怪

这天，师徒三人走到一座险峻的高山前。忽然，从山坡下跳出一只猛虎。八戒忙扔下担子，拿起钉耙就打。谁知老虎竟站立起来，脱下身上的虎皮，露出妖怪的本相，大叫："你们是哪里来的和尚，竟敢打我！"

八戒说："我们是去西天取经的和尚。"话音刚落，妖怪猛地往八戒的脸上扑了过去。八戒举耙就打，妖怪从石头后面拿出钢刀，奋力迎战。悟空

八戒和老虎精打成一团。

见了，对唐僧说："师父，你先在一旁休息，我和八戒来除妖！"

唐僧这才坐在地上，战战兢兢地念

影响孩子一生的中国十大名著

着经。悟空举棒向妖怪打去，三个人越打越远。妖怪败下阵来，只好使出金蝉脱壳计，把虎皮盖在一块大石头上，真身却化成

悟空气愤地叫黄风怪出来。

风逃走了。到了路口，他见唐僧正独自念经，便把他卷跑了。虎先锋捉到了唐僧，妖洞里的大王黄风怪非常高兴，他听说吃唐僧肉能长生不老，就准备大摆宴席，宴请亲朋好友。

　　再说悟空和八戒赶过来，发现师父不见了，才知道中了计。两人苦苦寻找师父，终于在石崖下找到了妖怪的府地——黄风岭黄风洞。悟空在洞外大声叫骂。不一会儿，虎先锋带着几十个小妖出来了。两人斗了数十回合后，虎先锋被悟空打死了。悟空把死老虎拖到山洞前，又开始叫骂。黄

悟空的双眼受了伤。

fēng guài nù dào wǒ méi chī tā de shī fu tā dào dǎ sǐ wǒ de xiān
风怪怒道："我没吃他的师父，他倒打死我的先

fēng tā pǎo chū shān dòng hé wù kōng è zhàn qǐ lái èr rén dà zhàn
锋！"他跑出山洞，和悟空恶战起来。二人大战

sān shí huí hé bù fēn shèng fù zhè shí huáng fēng guài měng de chuī chū yì
三十回合，不分胜负。这时黄风怪猛地吹出一

kǒu qì dùn shí huáng fēng mí màn kuáng fēng juǎn zhe shā zi xiàng wù kōng guā
口气，顿时黄风弥漫，狂风卷着沙子，向悟空刮

guo lai wù kōng jué de shuāng yǎn cì tòng zhǐ hǎo luò bài ér táo
过来。悟空觉得双眼刺痛，只好落败而逃。

wù kōng huí lái hòu duì bā jiè shuō hǎo lì hai de yāo guài wǒ
悟空回来后，对八戒说："好厉害的妖怪！我

bèi tā chuī le yì kǒu fēng xiàn zài yǎn jing hái téng de zhēng bù kāi ne děi xiān
被他吹了一口风，现在眼睛还疼得睁不开呢，得先

zhì zhi yǎn jing cái xíng tā men lái dào yí hù zhuāng yuàn yí wèi lǎo dà ye
治治眼睛才行！"他们来到一户庄院，一位老大爷

jiē dài le tā men wù kōng wèn fù jìn kě yǒu mài yǎn yào de wǒ de yǎn
接待了他们。悟空问："附近可有卖眼药的？我的眼

jing bèi huáng fēng guài chuī huài le lǎo dà ye shuō zhè fēng jiào sān mèi shén
睛被黄风怪吹坏了。"老大爷说："这风叫三昧神

风。我有个药方，叫三花九子膏，保你一用就好！"

他取出一小罐药，给悟空点上了，让他不要睁眼，安心睡觉。天亮了，悟空一睁眼，发现眼睛果然不疼了。这时，他发现自己正睡在草地上，房子和老大爷都不见了。悟空正觉得奇怪，忽然看到身边有一张纸。他读过上面的留言后，才知道原来昨晚是护法伽蓝帮了他们。

为了打探妖怪的情况，悟空变成一只蚊子，飞进黄风洞里。他听见妖怪正在夸口说："孙悟空本事再大，也打不过我。除了灵吉菩萨，本大王怕过谁？"悟空心中暗喜，

悟空听见黄风怪正在夸口。

赶紧回去把这个消息告诉八戒。两人正商量到哪里找灵吉菩萨，这时就见路旁走来一位老公公。悟空刚要上

前询问，突然发现老公公不见了，却见空中落下个贴子，上面写着"说给齐天大圣听，老人乃是李长庚，须弥山有飞龙杖，灵吉菩萨是佛兵"。悟空这才知道老公公是太白金星幻化成的。

悟空找到须弥山里的灵吉菩萨，说明来意。菩萨说："如来佛祖赐我一粒定风丹，一柄飞龙宝杖，让我降伏黄风怪。我降伏他后，曾饶过他的性命，叫他不许再做坏事，没想到他不知悔改，还要害你的师父。"灵吉菩萨与悟空来到黄风洞后，让悟空将黄风怪引出来，然后扔出飞龙宝杖。只见宝杖变成一条八爪金龙，抢起爪子，一把抓住妖怪，把它摔在石崖下。那妖怪立即现了原形，原来是一只黄毛貂鼠。

太白金星为悟空指路。

灵吉菩萨阻拦悟空打黄毛貂鼠。

wù kōng zhèng yào dǎ sǐ huáng máo diāo shǔ líng jí pú sà lán zhù shuō
悟空正要打死黄毛貂鼠，灵吉菩萨拦住说：

zhè yāo guài běn shì líng shān jiǎo xià dé dào de lǎo shǔ yīn tōu chī liú li
"这妖怪本是灵山脚下得道的老鼠，因偷吃琉璃

zhǎn li de qīng yóu hài pà rú lái fó zǔ guài zuì tā jiù táo dào zhè li
盏里的清油，害怕如来佛祖怪罪他，就逃到这里

xiū liàn chéng jīng xiàn zài wǒ yào zhuō tā huí qù jiàn rú lái fó zǔ gěi tā
修炼成精。现在我要捉他回去见如来佛祖，给他

dìng zuì qí yú de shì jiāo gěi wǒ lái zuò nǐ qù zhǎo nǐ de shī fu hé shī
定罪。其余的事交给我来做，你去找你的师父和师

dì ba
弟吧。"

wù kōng xiè guò líng jí pú sà cǐ shí bā jiè yě zhǎo dào le shī fu
悟空谢过灵吉菩萨，此时八戒也找到了师父。

wù kōng xiān jiāng yí qiè shí qíng gào sù shī fu rán hòu yǔ bā jiè bǎ dòng li
悟空先将一切实情告诉师父，然后与八戒把洞里

de xiǎo yāo jìn shù xiāo miè sān rén zhè cái jì xù shàng lù xiàng xī xíng qù
的小妖尽数消灭。三人这才继续上路，向西行去。

影响孩子一生的中国十大名著

转眼已是秋天。一日，师徒三人来到流沙河界。只见这条大河无边无际，浊浪滔天。悟空跳到空中一看，发现这条河至少有八百里宽，可是却看不到一条渡船。唐僧兜转马头，忽然看见岸边有块石碑，上面刻着三个大字——"流沙河"，旁边还有四行小字，写着"八百流沙界，三千弱水深。鹅毛飘不起，芦花定底沉"。

正看着，忽听一阵水响，只见河里钻出一个凶恶的妖怪。这个妖怪头发蓬松，两眼如灯，举着宝杖，向唐僧猛扑过来。悟空连忙抱起师父，

唐僧正在发愁如何过河。

往高处跑去。八戒举起钉耙，与妖怪对打起来，打了二十回合，不分胜负。悟空安顿好师

八戒与妖怪打得不可开交。

父，举棒向妖怪打去。妖怪吓得转身一躲，钻进河里，再也不出来了。八戒气得乱跳道："哥呀，谁让你来的？再打三五回合，我就捉住他了！"悟空笑道："自从降了黄风怪，我已经一个月没耍棒了。我见你和他打得痛快，就忍不住手痒。谁知他不识耍，竟然跑了。"

二人说说笑笑，回来见了师父，说明情况。唐僧说："这条河漫无边际，不可贸然迎战，得让识水性的引领引领才好。"八戒当年曾总督天河，水性不错，就自告奋勇地下了河。妖怪进入水底，正在

chuǎn xī　hū rán tīng jiàn shuǐ
喘息，忽然听见水

xiǎng fā xiàn bā jiè yòng
响，发现八戒用

pá tuī shuǐ zhuī le jìn
耙推水追了进

lái liǎng rén zài shuǐ
来。两人在水

dǐ yì fān jī zhàn
底一番激战，

shuǐ làng bèi jiǎo
水浪被搅

de bù tíng fān
得不停翻

gǔn dǎ chū shuǐ
滚。打出水

悟空急得跳到空中，去打妖怪。

miàn hòu bā jiè jiǎ zhuāng bài tuì zhuǎn shēn wǎng àn biān pǎo bú liào yāo
面后，八戒假装败退，转身往岸边跑。不料，妖

guài gāng chū shuǐ miàn xìng jí de wù kōng jǔ bàng jiù dǎ yāo guài bù gǎn yíng
怪刚出水面，性急的悟空举棒就打。妖怪不敢迎

zhàn yòu zuān rù hé li
战，又钻入河里。

méi bàn fǎ bā jiè zhǐ hǎo zài cì xià shuǐ liǎng rén yí jiàn miàn dōu
没办法，八戒只好再次下水。两人一见面，都

shǐ chū le kān jiā běn lǐng bā jiè huī zhe dīng pá yòng lì pū lái yāo guài
使出了看家本领。八戒挥着钉耙，用力扑来；妖怪

shǐ zhe bǎo zhàng fēi cháng lǎo liàn èr rén dòu de shuǐ làng fān gǔn shēng rú
使着宝杖，非常老练。二人斗得水浪翻滚，声如

jīng léi kě shì dǎ le sān shí huí hé réng rán bù fēn shèng fù bā jiè yòu
惊雷，可是打了三十回合，仍然不分胜负。八戒又

kāi shǐ zhà bài tuō pá jiù pǎo yāo guài suí hòu gǎn lái yì zhí zhuī dào àn
开始诈败，拖耙就跑。妖怪随后赶来，一直追到岸

biān tā pà shàng àn bèi wù kōng dǎ jiù tíng zài hé li zhí rāng rang què zěn
边，他怕上岸被悟空打，就停在河里直嚷嚷，却怎

么也不肯上岸。悟空急得直跳，恨不得一把捉到他。他安排好师父后，跳到空中，举起金箍棒向妖怪打去。妖怪正与八戒叫嚷，听到风响，就见悟空从空中跳了下来。妖怪急忙收起宝杖，一头钻入水里，再也不肯上岸了。

二人见捉不住妖怪，只好回来告诉师父。唐僧听了很是担忧，不知如何才能渡河。悟空说："看来还得找观音菩萨。"他跳上筋斗云，直奔南海。不到半个时辰，悟空就来到普陀山。见到菩萨，悟空连忙说起流沙河的妖怪武艺

如何高超，他们师徒无法过河。

菩萨责备地说："一

悟空捉不住妖怪，
就向观音菩萨求助。

定是你这猴头逞强，不肯说出你们去西天取经。那妖怪本是天上的卷帘大将，因在蟠桃会上失手打碎了琉璃盏，被玉帝贬下凡间，变成妖怪。当年我与他相遇时，他被我劝化了，答应保护唐僧去西天取经。我还给他取了个法名，叫沙悟净。"观音菩萨说完，就派弟子惠岸随同悟空来到流沙河。惠岸按照菩萨的指示，在河水上空高声喊道："悟净！悟净！取经人就在这里，你快出来吧！"听到有人叫着观音菩萨赐予的法号，妖怪明白是取经人来了，赶紧从水底钻了出来。在惠岸的指引下，妖怪叩拜

惠岸在流沙河上空呼唤悟净。

流沙河收服沙悟净

影响孩子一生的中国十大名著

了唐僧。惠岸问他："你真的诚心皈依我佛吗？"妖怪说："弟子蒙菩萨教化，指河为姓，还给我起了法名，我岂能不

唐僧为沙和尚剃了头。

从菩萨旨意？"唐僧说："既然如此，悟空，把戒刀取过来，为师帮他落发。"悟空取来戒刀，唐僧为悟净剃了头发，还给他取了别名，叫沙和尚。接着，沙和尚按照观音菩萨的旨意，把菩萨托惠岸带来的葫芦放在河里，葫芦立刻变成一艘宝船。众人登上宝船后，八戒扶着唐僧的左手，沙和尚扶着唐僧的右手，悟空在后面牵着白马，一行人平安地渡过了流沙河。

　　上岸后，惠岸收了葫芦，转身离去。唐僧带着三个徒弟，继续向西赶路。

第十六章 | 吃人参果惹恼悟空

师徒四人走了很多天。这一日，他们来到万寿山五庄观，只见这里清幽异常。他们猜测里面一定有神仙居住，就进去拜访。刚进观内，有两个童子走出来，把他们迎入房中。

原来，这里是仙人镇元子的道观。他得知唐僧要路过此地，而自己恰好外出，就让留守的两个童子好好接待，还吩咐他们，用两个人参果招待唐僧。按照吩咐，两个童子悄悄地摘下人参果，

唐僧不敢吃人参果。

趁悟空他们不在，拿给唐僧吃。可唐僧却因人参果长得像婴儿，死活也不肯吃。

悟空在后园偷摘人参果。

yuán lái zhè rén shēn guǒ nǎi shì
原来，这人参果乃是

tiān dì líng wù jiǔ qiān nián cái
天地灵物，九千年才

néng chéng shú rén zhǐ yào wén
能成熟。人只要闻

yí xià jiù néng huó sān bǎi
一下，就能活三百

liù shí suì chī yí gè
六十岁；吃一个，

néng huó sì wàn qī
能活四万七

qiān nián liǎng gè tóng
千年。两个童

zǐ jiàn táng sēng bù
子见唐僧不

kěn chī zhǐ hǎo huí dào
肯吃，只好回到

fáng zhōng yì rén yí gè bǎ rén shēn guǒ fēn chī le
房中，一人一个，把人参果分吃了。

shuō lái yě qiǎo tóng zǐ de fáng jiān jǐn āi chú fáng zhèng zài lǐ mian
说来也巧，童子的房间紧挨厨房。正在里面

zuò fàn de bā jiè tīng dào le chán de kǒu shuǐ zhí liú rǎng zhe ràng wù kōng qù
做饭的八戒听到了，馋得口水直流，嚷着让悟空去

zhāi wù kōng lái dào gé bì tōu zǒu zhāi guǒ yòng de jīn jǐ zǐ pǎo dào le
摘。悟空来到隔壁，偷走摘果用的金击子，跑到了

hòu yuán hěn kuài jiù yòng jīn jǐ zǐ qiāo xià yí gè guǒ zi bú liào guǒ zi
后园，很快就用金击子敲下一个果子。不料，果子

diào zài dì shang dùn shí xiāo shī de wú yǐng wú zōng wù kōng shēng qì de jiào
掉在地上，顿时消失得无影无踪。悟空生气地叫

chū tǔ dì shén xún wèn zhè cái dé zhī yuán lái rén shēn guǒ yí yù dào tǔ
出土地神询问，这才得知：原来，人参果一遇到土

jiù huì zuān jìn qu zài dǎ rén shēn guǒ shí wù kōng jiù yòng yī jīn dōu zhe
就会钻进去。再打人参果时，悟空就用衣襟兜着，

一连打下三个果子。回房后，悟空叫来八戒和沙和尚，一人吃了一个。

八戒没吃够，又嚷着让悟空再去摘。

隔壁的童子听到了，慌忙跑到园中，

悟空一气之下打倒了人参果树。

发现人参果少了四个。童子认定是唐僧师徒四人偷吃了，就跑去质问唐僧。唐僧叫来三个徒弟对质，悟空只承认摘了三个。可童子却咬定是四个，还不依不饶地辱骂悟空。悟空气得咬牙切齿，就拔下毫毛，变出一个假悟空站在那儿挨骂，自己却跑到人参果树下，拿出金箍棒一阵乱打，最后又将树连根拔起。这时，人参果都掉落下来，钻到土里不见了。

两个童子见唐僧师徒都不吭声，以为自己数

错了，决定再去果园数数看。这一看吓得他们魂飞魄散，他们决定先捉住唐僧师徒，等师父回来再说。两人回去后，把师徒四人锁在房间里。悟空变出瞌睡虫，让两个童子呼呼大睡，用解锁法打开房门，这才和大伙逃了出来。

天亮时，镇元子回来了，他念动咒语，叫醒了沉睡的童子。得知事情的原委后，镇元子立刻驾云追上唐僧师徒。悟空见事情败露，举棒就打。

西游记

悟空举棒要打镇元了。

不料，镇元子袖袍一展，使出一招"袖里乾坤"，将师徒四人全部带回了五庄观，绑在柱子上。镇元子要鞭打唐僧。为了保护师父，悟空要求先打自己。见童子要打腿，悟空就把双腿变成铁腿，结果童子鞭打一天，悟空却安然无恙。晚上，镇元子和道童们都睡着了，悟空趁机钻出绳索，救出唐僧三人。悟空把师父扶上马后，一行人悄悄地逃走了。

不料，镇元子很快发现了，又用袍袖将唐僧师徒捉了回来。这次，镇元子搬来一口沸腾的油锅，准备油炸悟空。悟空将石狮子变成替身，童子一扔，结果把

童子鞭打悟空，可悟空一点儿也不疼。

油锅砸出个大洞。镇元子气得要油炸唐僧，这下悟空害怕了。

yīn wèi shī fu shì ròu shēn
因为师父是肉身，
shòu bù liǎo zhè zhǒng zhé
受不了这种折
mó tā zhǐ hǎo yāo qiú
磨。他只好要求
jiǎng hé dā ying huán
讲和，答应还
gěi zhèn yuán zǐ yì kē
给镇元子一棵
huó rén shēn guǒ shù
活人参果树。
wù kōng sī lái xiǎng
悟空思来想
qù zuì hòu qǐng lái le
去，最后请来了

观音菩萨救活了人参果树。

guān yīn pú sà guān yīn pú sà yòng yáng liǔ zhī zhàn chū píng zhōng gān lù
观音菩萨。观音菩萨用杨柳枝蘸出瓶中甘露，
zài wù kōng de shǒu li huà le yí dào qǐ sǐ huí shēng fú jiào tā fàng zài shù
在悟空的手里画了一道起死回生符，叫他放在树
gēn xià bù yí huìr shù gēn xià pēn chū yì wāng qīng quán guān yīn pú
根下。不一会儿，树根下喷出一汪清泉。观音菩
sà bǎ qīng quán jiāo zài shù shang zhuǎn yǎn jiān dà shù jiù fù huó le zhī tóu
萨把清泉浇在树上，转眼间大树就复活了，枝头
de guǒ zi yě wán hǎo wú sǔn
的果子也完好无损。

zhèn yuán zǐ jiàn guǒ shù chóng shēng fēi cháng gāo xìng ràng tóng zǐ qiāo
镇元子见果树重生，非常高兴，让童子敲
xià shí gè rén shēn guǒ qǐng dà jiā gòng tóng pǐn cháng táng sēng shī tú yě hé
下十个人参果，请大家共同品尝。唐僧师徒也和
dà xiān wò shǒu yán hé dì èr tiān yì zǎo táng sēng shī tú gào bié zhòng
大仙握手言和。第二天一早，唐僧师徒告别众
rén chóng xīn shàng lù le
人，重新上路了。

第十七章 | 孙悟空三打白骨精

一天，师徒四人来到一座叫白虎岭的高山前。

众人又累又饿，可是附近没有一户人家。悟空只好腾云驾雾，去远处的南山摘桃给大家吃。

悟空腾起的祥云惊动了山中的妖精。这妖精就是白骨精。她认出了唐僧，想吃他的肉。不过看到唐僧身边有两个徒弟保护，她怕敌不过他们，就变成一个美丽的女子，左手提着青砂罐，右手

白骨精变成女子
来骗唐僧。

提着绿瓷瓶，款款走来。她对唐僧说："罐里是香米饭，瓶里是炒面筋，都是我特意给你们做的斋饭。"八戒一听有好吃的，就要抢上

悟空棒打白骨精变成的女子。

去吃。唐僧忙说："八戒，不要随便吃别人的东西，还是等你的师兄摘桃回来吧。"八戒不听，拿起罐子就想动手。这时，悟空回来了，认出这女子是妖精，举棒就打。唐僧赶紧拦住他，说："这女子是给我们送饭的。"悟空不顾阻拦，迎头就是一棒。女子立刻倒地死了。其实妖精用了解尸法，真身化成清烟飞走了，留下的是假尸首。唐僧责怪地说："你这猴头太过分了，怎么胡乱杀人？"悟空说："师父，你看罐子里是什么东西？"唐僧一看，

fā xiàn lǐ miàn quán shì
发现里面全是

lài há ma cháng wěi ba
癞蛤蟆、长尾巴

qū zhè cái xiāng xìn wù
蛆，这才相信悟

kōng de huà bā jiè méi chī
空的话。八戒没吃

shàng fàn qì hēng hēng de
上饭，气哼哼地

shuō zhè xiē dōu shì
说："这些都是

hóu gē biàn de fēn míng
猴哥变的。分明

悟空棒打白骨精变成的老婆婆。

shì tā dǎ sǐ le rén pà shī fu niàn jǐn gū zhòu cái biān le zhè xiē piàn shī
是他打死了人，怕师父念紧箍咒，才编了这些骗师

fu táng sēng tīng le bā jiè de huà guǒ rán niàn qǐ le jǐn gū zhòu téng de
父。"唐僧听了八戒的话，果然念起了紧箍咒，疼得

wù kōng lián lián qiú ráo
悟空连连求饶。

bái gǔ jīng méi yǒu dé shǒu yòu biàn chéng bái fà cāng cāng de lǎo pó
白骨精没有得手，又变成白发苍苍的老婆

po zhǔ zhe guǎi zhàng yì biān kū yì biān zǒu le guò lai bā jiè jiào dào
婆，拄着拐杖，一边哭一边走了过来。八戒叫道：

shī fu bù hǎo le yí dìng shì nà gū niang de mā ma zhǎo lái le wù kōng
"师父，不好了，一定是那姑娘的妈妈找来了。"悟空

shuō nà nǚ zǐ shí bā suì zhè gè pó po yǒu bā shí duō suì zěn néng shì
说："那女子十八岁，这个婆婆有八十多岁，怎能是

mǔ nǚ kěn dìng shì jiǎ de wǒ qù kàn kan wù kōng dìng jīng yí kàn
母女？肯定是假的，我去看看！"悟空定睛一看，

fā xiàn tā réng shì bái gǔ jīng biàn de yú shì dāng tóu yòu shì yí bàng bái
发现她仍是白骨精变的，于是当头又是一棒。白

gǔ jīng huà chéng qīng yān táo zǒu le jiāng jiǎ shī shǒu liú zài dì shang táng sēng
骨精化成清烟逃走了，将假尸首留在地上。唐僧

这次更加生气，把紧箍咒整整念了二十遍，还要赶走悟空。悟空不愿离开，唐僧只好答应再饶他一次。

白骨精哪里肯轻易放走唐僧呢，这一次，她又变成一位白发老公公，装出一副要找妻子和女儿的样子。悟空一眼认出他还是白骨精变的，就叫出当地的山神和土地神作证，这才一棒子把妖精彻底打死了，老公公转眼变成了一堆骷髅。

悟空棒打白骨精变成的老公公。

唐僧吓得战战兢兢，也不听山神和土地神的话，正准备念咒，悟空说："师父，你来看看她的模样！"悟空指着地上的骷髅说："她是一个僵尸妖精，专门在这里害人，你看她的脊梁上有一行字，叫'白骨夫人'。"唐僧一看，也就信了。

可是八戒却说："师父，这猴子太过分了，

八戒要师父念紧箍咒。

他打死了人，怕你念咒，才故意变出一堆骷髅骗你的。"唐僧又信了八戒的话，马上念起紧箍咒。悟空疼得跪在地上，恳求道："师父，求求你，别念了！"可唐僧说："你居然一连打死三个人，你还是走吧。"悟空伤心地说："师父，你错怪我了。她明明是个妖精，想来害你，老孙帮你除了害，你反倒责怪我！"

唐僧不听，让沙和尚取出纸笔，写下一页贬书，递给悟空，说："你拿着吧！从此以后，我不再是你的师父！"悟空多希望师父能回心转意啊！他给师父连连叩首，可唐僧已经下定决心，转过身来不理他。

悟空拔下毫毛，变出三个行者，连同本身从四个方向围住师父下拜。唐僧躲不过去，才受他一拜。

悟空见师父心意已绝，只好对沙和尚说："师弟，如果以后再遇到妖精，你就提我齐天大圣的名号，说我是唐僧的大徒弟，他们就不敢伤害师父了。"说完，悟空又看了看唐僧，见师父还是那么绝情，只好向师父最后一拜，这才依依不舍地离开了。

悟空纵起筋斗云，回到花果山，又过上了美猴王的逍遥日子。

悟空依依不舍地
与师父告别。

唐僧赶走悟空后,三人继续西行。一天,八戒自告奋勇地出去化斋。走了十几里,他没有看到一户人家,感觉累了,就在路边睡着了。唐僧见八戒还不回来,便让沙和尚去找他,自己则在林中闲走。不久,唐僧看见一座金光闪闪的宝塔,不禁心下欢喜,信步走了进去。这时,他看见有个黄袍怪睡在石床上,吓得掉头就跑。可是黄袍怪已经发现了他,一下子把他捉住了。

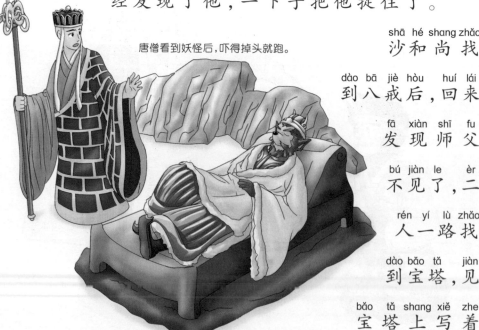

唐僧看到妖怪后,吓得掉头就跑。

沙和尚找到八戒后,回来发现师父不见了,二人一路找到宝塔,见宝塔上写着

bō yuè dòng bā jiè jǔ
"波月洞"。八戒举

pá shàng qián jiào mén bǎ
耙上前叫门，把

huáng páo guài jī le chū
黄袍怪激了出

lai bā jiè wèn wǒ
来。八戒问："我

shī fu táng sēng zài nǐ
师父唐僧在你

zhèr ma huáng páo
这儿吗？"黄袍

guài shuō zài ya
怪说："在呀，

宝象国国王看完女儿的信后痛哭起来。

wǒ zhèng yào chī tā de ròu ne shuō wán èr rén jiù dǎ le qǐ lai
我正要吃他的肉呢！"说完，二人就打了起来。

cǐ shí táng sēng zhèng zài shān dòng li kū qì ne zhè shí yí gè nǚ
此时，唐僧正在山洞里哭泣呢，这时一个女

zǐ zǒu guò lai shuō wǒ bú shì yāo guài ér shì bǎo xiàng guó de sān gōng zhǔ
子走过来说："我不是妖怪，而是宝象国的三公主，

bèi huáng páo guài qiǎng dào zhè lǐ nǐ bāng wǒ gěi fù mǔ shāo fēng xìn wǒ jiù
被黄袍怪抢到这里。你帮我给父母捎封信，我就

jiù nǐ chū qù táng sēng dā ying le yú shì gōng zhǔ jiào huí huáng páo guài
救你出去。"唐僧答应了。于是公主叫回黄袍怪，

ràng tā fàng zǒu táng sēng shī tú huáng páo guài wèi tǎo hǎo gōng zhǔ jiù tóng yì le
让他放走唐僧师徒，黄袍怪为讨好公主就同意了。

táng sēng shī tú lái dào bǎo xiàng guó chéng shàng gōng zhǔ de jiā shū guó wáng dú
唐僧师徒来到宝象国，呈上公主的家书。国王读

wán xìn hòu tòng kū liú tì qǐng qiú tā men jiù chū gōng zhǔ yú shì bā jiè yǔ
完信后痛哭流涕，请求他们救出公主。于是八戒与

shā hé shang yòu lái dào shān dòng qián shǐ jìnr jiào zhèn hěn kuài huáng páo
沙和尚又来到山洞前，使劲儿叫阵。很快，黄袍

guài tí dāo pǎo le chū lai shuāng fāng yòu zhǎn kāi yì cháng jī zhàn bù jiǔ bā
怪提刀跑了出来，双方又展开一场激战。不久，八

戒体力不支，掉头逃跑了。沙和尚孤军奋战，很快被黄袍怪抓进了洞。

唐僧被黄袍怪变成猛虎。

黄袍怪听说唐僧在宝象国，摇身一变，变成俊男，来到了宝象国皇宫。他对国王说，十三年前，他见一只猛虎驮着个女子，就一箭射倒老虎，救下女子。女子为了报恩，与他成了亲。老虎被他带回家里，不久修炼成精。后来他得知女子是宝象国的公主，见今天是吉日，特来认亲。国王见驸马长得英俊，便放松了警惕。黄袍怪又悄悄地念动咒语，把唐僧变成一只斑斓猛虎。国王一看吓得魂飞魄散，忙命人把老虎关在铁笼里。唐僧是老虎的消息在宫里传开了，白龙马听到后，决定救出师父。半夜，他看到黄袍怪在殿内喝酒，就变成宫女，想杀死妖怪，可惜没有得手，只好逃了回去。

这时八戒回来了，到处都找不到师父和沙和尚。白龙马突然开口说话了，说完事情的经过，又劝八戒赶紧把悟空找回来。八戒来到花果山，找到悟空后，说出师父被捉的事情。悟空问他："你怎么不提齐天大圣的名号？"八戒骗他说："我说了，可他根本就不怕你，还说要把你放到油锅里油炸呢！"悟空气得立即和他赶到波月洞，只见黄袍怪的两个儿子正在外面玩，就抓住他们。悟空又劝公主配合他们降妖，公主同意了。按照悟空的安排，

八戒劝说悟空
回去救师父。

八戒和沙和尚带着妖怪的两个儿子，来到宝象国上空。黄袍怪看见空中的孩子似乎是自己的，急忙赶回洞里找公主核实。悟空假扮成公主正在痛哭，说孩子被捉走了，自己的心都哭痛了。

黄袍怪忙拿出自己的宝物——舍利子丹给她止痛。悟空拿到宝物后，立刻现出原形，与黄袍怪打成一团。两人大战五六十回合，不分胜负。这时，悟空运足力气，往妖怪的头上使劲儿打去。

可妖怪突然往空中一跳，转眼不见了。悟空心

悟空与黄袍怪打得不分胜负。

唐僧被放出来后十分感激悟空。

想："这妖怪功力不凡，一定是天上的妖神，我还是去天上看看吧。"他来到南天门查询，发现二十八星宿中少了奎星。玉帝得知后，命二十七星宿收奎星上界。悟空见玉帝已经收降奎星，就回到波月洞，救出了公主。

悟空把公主带回宝象国，看到变成老虎的师父，不禁百感交集。他念动咒语，把一口水喷到老虎的身上，唐僧立刻恢复了原形。听了沙和尚的讲述，唐僧连忙感谢悟空。悟空笑着说："师父，只要你不念紧箍咒，我就满足了。"于是师徒四人和好如初。第二天，他们辞别了国王等人，继续向西赶路了。

shī tú sì rén yí lù xī xíng yòu lái dào
师徒四人一路西行，又来到

yí zuò gāo shān qián zhǐ jiàn shān pō shang
一座高山前。只见山坡上

zhàn zhe yí wèi qiáo fū duì tā
站着一位樵夫，对他

men shuō shān shang yǒu gè
们说："山 上 有个

lián huā dòng dòng li yǒu yāo
莲花洞，洞里有妖

guài nǐ men kě yào xiǎo xīn a
怪，你们可要小心啊。"

shuō wán jiù bú jiàn le wù kōng
说完就不见了。悟空

金角画下唐僧师徒的模样，想让银角捉住他们。

dìng jīng yí kàn yuán lái shì dāng dì de tǔ dì shén yú shì lián máng jiào bā jiè
定睛一看，原来是当地的土地神，于是连忙叫八戒

xún shān chá kàn
巡山查看。

zài shuō nà lián huā dòng de liǎng gè yāo guài yí gè jiào jīn jiǎo dà
再说那莲花洞的两个妖怪，一个叫金角大

wáng yí gè jiào yín jiǎo dà wáng jīn jiǎo yì zhí xiǎng chī táng sēng ròu jiù
王，一个叫银角大王。金角一直想吃唐僧肉，就

huà xià sì rén de mú yàng ràng yín jiǎo qù zhuō ná tā men hěn kuài yín
画下四人的模样，让银角去捉拿他们。很快，银

jiǎo zhuō huí le xún shān de bā jiè jīn jiǎo jiàn tā bú shì táng sēng jiù ràng
角捉回了巡山的八戒。金角见他不是唐僧，就让

yín jiǎo zài qù zhuō yín jiǎo yòu chū lái le méi duō jiǔ kàn dào táng sēng
银角再去捉。银角又出来了，没多久，看到唐僧

sān rén zǒu le guò lai jiù biàn chéng diē shāng tuǐ de dào shi zhí hǎn jiù mìng
三人走了过来，就变成跌伤腿的道士，直喊救命。

银角说他不能走路了，让悟空背他。悟空认出他是妖怪，背着他就在唐僧后面慢吞吞地走，想找机会把他摔死。银角猜到他的心思，便使出移山倒海的法术，调来须弥山、峨眉山、泰山压住悟空。见悟空移不动步，银角这才露出本相，掀起狂风，把唐僧和沙和尚卷进洞里。金角见捉住了唐僧，就拿出羊脂玉净瓶、紫金红葫芦，派两个小妖捉回悟空。

悟空被大山压着，惊动了山神和土地神。他

银角用三座大山压住了悟空。

们移开三座山后，见山里霞光闪烁，忙告诉悟空："妖怪拿着宝贝来捉你了。"悟空打发走他们，变成道士，问小妖："你们拿着什么东西？"小妖说："我们拿的是宝贝。这宝贝能装人，不管叫谁，只要一答应，就会被吸进来，一会儿就化成脓水了。"悟空拔下一根毫毛，从身后变出个大紫金葫芦说："我这葫芦能装天呢。"小妖不信，悟空就念动咒语，只见天空顿时一片漆黑。贪心的小妖用两件宝贝换来大葫芦，也想装天试试，可是转眼葫芦竟不见了，原来悟空收回了毫毛。两人只好空手回洞禀告，悟空随即变成苍蝇跟着他们进了洞。

悟空用计，想换走宝贝。

金角得知宝贝不见了，气得暴跳如雷。他又派出两个小妖，想请压龙洞的母亲来吃唐僧肉，再带上幌金绳来捉住悟空。悟空听个明白，就一路尾随小妖。快

dào yā lóng dòng shí　wù kōng bǎ
到压龙洞时，悟空把

tā men dǎ chéng le ròu bǐng　rán hòu
他们打成了肉饼，然后

biàn chéng xiǎo yāo jìn le　yā lóng
变成小妖进了压龙

dòng　bìng shuō míng
洞，并说明

lái yì　lǎo yāo
来意。老妖

guài tīng shuō
怪听说

jīn jiǎo hé yín jiǎo
金角和银角

yào qǐng tā chī táng
要请她吃唐

老妖怪不知小妖是悟空变的，跟着他出了洞。

sēng ròu　gāo gāo xìng xìng de hé wù kōng yì qǐ chū le mén　bàn lù shang wù
僧肉，高高兴兴地和悟空一起出了门。半路上，悟

kōng dǎ sǐ le lǎo yāo guài　yuán lái shì yì zhī jiǔ wěi hú li　wù kōng ná
空打死了老妖怪，原来是一只九尾狐狸。悟空拿

dào huǎng jīn shéng　biàn chéng lǎo yāo guài de mú yàng　jìn le lián huā dòng
到幌金绳，变成老妖怪的模样，进了莲花洞。

liǎng gè dà wáng jiàn dào lǎo yāo guài　dǎo dì jiù bài　zhè shí　hū rán
两个大王见到老妖怪，倒地就拜。这时，忽然

yǒu gè xún shān de xiǎo yāo jìn lái shuō　bù hǎo le　nǎi nai bèi rén dǎ sǐ le
有个巡山的小妖进来说："不好了，奶奶被人打死了。"

liǎng gè dà wáng tīng le　ná qǐ bǎo jiàn jiù xiàng wù kōng cì lái　wù kōng pāo
两个大王听了，拿起宝剑就向悟空刺来。悟空抛

chū huǎng jīn shéng　kǔn zhù le yín jiǎo　yín jiǎo rèn chū zhè shì zì jiā de bǎo
出幌金绳，捆住了银角。银角认出这是自家的宝

wù　jiù niàn qǐ sōng shéng zhòu　ná dào shéng zi　yòu niàn qǐ jǐn shéng
物，就念起松绳咒，拿到绳子，又念起紧绳

zhòu　bǎ shéng zi pāo xiàng wù kōng　wù kōng bèi shéng zi jǐn jǐn tào zhù le
咒，把绳子抛向悟空。悟空被绳子紧紧套住了，

妖怪搜出了红葫芦、玉净瓶，然后进屋喝酒去了。悟空很快从绳子里脱身出来，跑到洞外，叫道："孙行

银角用红葫芦捉住了悟空。

者的弟弟者行孙来了。"银角拿着葫芦出了洞，喊道："者行孙！"悟空答应一声，马上被吸进葫芦里。过了一会儿，银角打开葫芦查看。悟空乘机变成飞虫逃了出去。

悟空悄悄地用毫毛变成两个假宝贝，把真宝贝偷走了。他先拿出红葫芦站到洞外，叫道："行者孙来了。"银角又出洞迎战。悟空拿着红葫芦，喊道："银角大王！"银角没防备，答应一声，马上被吸了进去。金角带着几百个小妖跑出来迎战。悟空拔下一把毫毛，变出无数个小行者，把妖怪们

影响孩子一生的中国十大名著

打得四处逃命。悟空回到洞里，救出了师父。第二天，金角不服气，又过来叫阵。悟空拿出玉净瓶，喊道："金角大王！"金角随口答应了，结果一下子被装进玉净瓶中。

悟空拿着瓶子，开心地笑了。这时，太上老君走过来，说："这两个妖怪是我那看金炉和银炉的童子。他们私下凡界，还请大圣放了他们。"于是悟空交出了宝贝。太上老君打开红葫芦、玉净瓶，倒出两股仙气，用手一指，两个童子便恢复了原身。

与太上老君辞别后，师徒四人继续向西行去。

妖怪原来是太上老君的童子。

一天，师徒四人来到敕建宝林寺，见天色已晚，就在这里歇下了。夜里，唐僧独自坐在桌前念着经文，不知不觉地伏案睡去。

这时，唐僧突然听到有人叫"师父"，抬头一看，见一个人浑身水淋淋的，正在流着泪叫他。

那人说："高僧莫怕，我不是妖怪，是屈死的乌鸡国国王。三年前，我的家乡遭遇大旱，百姓都快饿死了。这时，从钟南山来了个道士，用法力降下一场大雨。我为了感激他，就与他结为

乌鸡国国王给唐僧托梦，请求相救。

兄弟。一天，我与他同游御花园，来到八角琉璃井时，他把我推入井里，还盖上盖子，在上面种上了芭蕉树。"

悟空出门一看，发现台阶上果然有一块金镶白玉圭。

国王又说："从此，他就变成我的模样，霸占了我的江山。听说师父的大徒弟是齐天大圣，能降妖除怪，特来请师父帮忙。"他掏出一块金镶白玉圭，说："那道士推我入井后，只少了这件宝贝。明天太子出城打猎，请师父把它交给太子。"说完，国王就要离去，唐僧起身相送，却一脚踩空，一下子就醒了。唐僧把这个梦告诉给悟空，悟空推门一看，见台阶上果然放着一块金镶白玉圭，便说："看来这件事是真的。要想救出遇难的国王，就得把太子引过来，让他相信我们的话。"悟空安排完毕后，东方已经发白了。

悟空来到城外，看见太子正在打猎，就变成一只白兔，引太

悟空把事情的真相告诉给太子。

子来到宝林寺。太子看见唐僧端坐在正殿当中，也不迎接他，就命令手下道："去抓住他！"唐僧说："我是来送宝贝的。"太子问："什么宝贝？"唐僧拿出一个红盒子，说："这里有个宝贝，能知道过去和未来一千五百年的事情。"太子赶紧拿过来看，悟空变成的小人就从盒子里跳了出来，把昨晚国王托梦的事全盘托出。太子不信，悟空便拿出玉圭为证，还说："回去问问你的母后，便知真

xiàng le
相了。”

tài zǐ huí dào gōng zhōng qiāo qiāo de wèn le mǔ hòu cái zhī dào fù wáng
太子回到宫中，悄悄地问了母后，才知道父王

zhè sān nián lái duì mǔ hòu lěng ruò bīng shuāng dà bù rú qián zuó wǎn tā hái
这三年来对母后冷若冰霜，大不如前。昨晚她还

mèng dào fù wáng tuō mèng shuō tā bèi rén xiàn hài le tài zǐ zhè cái xiāng xìn wù
梦到父王托梦，说他被人陷害了。太子这才相信悟

kōng de huà lián máng fēi bēn dào bǎo lín sì qǐng qiú wù kōng jiù chū fù wáng
空的话，连忙飞奔到宝林寺，请求悟空救出父王。

wù kōng dā ying le dāng yè wù kōng shuì bù zháo jiào jiù duì bā jiè shuō
悟空答应了。当夜，悟空睡不着觉，就对八戒说：

zán men qù tōu bǎo bèi ba wǒ zhī dào huáng gōng yù huā yuán de jǐng li yǒu
"咱们去偷宝贝吧，我知道皇宫御花园的井里有

bǎo bèi bā jiè xìn le liǎng rén lái dào yù huā yuán dào le jǐng biān bā
宝贝。"八戒信了。两人来到御花园，到了井边，八

jiè jiù tiào le jìn qu mō le bàn tiān mō dào ge shī tǐ tā xià de lián
戒就跳了进去。摸了半天，摸到个尸体，他吓得连

八戒将遇害的国王背了回去。

máng fú chū shuǐ miàn
忙浮出水面。

wù kōng shuō   dāi
悟空说："呆

zi   nà rén jiù shì
子，那人就是

bǎo bèi   kuài bǎ tā
宝贝，快把他

bēi shàng lai   bā jiè
背上来。"八戒

zhǐ hǎo bēi chū le guó
只好背出了国

wáng   huí dào bǎo lín
王。回到宝林

sì   wù kōng yòu zhǎo
寺，悟空又找

太上老君要来一粒还魂丹，放到国王的嘴里。不久，国王就活了过来，对师徒四人千恩万谢。

天色大亮，唐僧师徒和扮成行童的国王，一行五人来到乌鸡国倒换关文。上了金殿，悟空对假国王说："大胆的妖怪，快来吃我一棒！"妖怪知道事情败露了，马上驾云准备逃跑。悟空连忙追上去，妖怪打不过悟空，就逃回宫中，变成唐僧的模样，和唐僧站在一起。

悟空赶来举棒要打，妖怪说："徒弟别打，是我！"悟空又要打另一个唐僧，另一个唐僧又说："徒弟别打，是我！"一时间，悟空也真假难辨了。

八戒出了个主意说："猴哥，你先忍

妖怪变成唐僧的样子蒙骗悟空。

shòu yí xià   ràng shī fu niàn zhòu jiù xíng le
受一下，让师父念咒就行了。"

wù kōng méi bàn fǎ   zhǐ hǎo tóng yì le
悟空没办法，只好同意了。

zhēn de táng sēng dāng rán huì niàn le
真的唐僧当然会念了，

jiǎ de zhǐ hǎo luàn hēng heng
假的只好乱哼哼。

bā jiè dà jiào dào   hēng
八戒大叫道："哼

de shì yāo guài   tā jǔ
的是妖怪！"他举

pá jiù dǎ   wù
耙就打，悟

kōng yě zhuī le guò qu
空也追了过去，

zhèng yào dǎ sǐ yāo guài
正要打死妖怪，

妖怪现出原形，原来是
文殊菩萨的坐骑。

jiù jiàn kōng zhōng piāo lái yì duǒ bái yún   yuán lái shì wén shū pú sà gǎn lái le
就见空中飘来一朵白云，原来是文殊菩萨赶来了。

wén shū pú sà zǔ zhǐ le wù kōng   shuō   wǒ lái tì nǐ men zhuō yāo   tā
文殊菩萨阻止了悟空，说："我来替你们捉妖。"他

qǔ chū yí miàn zhào yāo jìng   wǎng yāo guài shēn shang yí zhào   yāo guài lì kè xiàn
取出一面照妖镜，往妖怪身上一照，妖怪立刻现

chū yuán xíng   yuán lái tā shì wén shū pú sà qí de qīng máo shī zi
出原形，原来它是文殊菩萨骑的青毛狮子。

cǐ shí   wén wǔ bǎi guān yǐ jīng rèn chū le zhēn guó wáng   zhèng zài kòu bài
此时，文武百官已经认出了真国王，正在叩拜

ne   guó wáng wèi le gǎn xiè táng sēng shī tú   dà bǎi yàn xí lái kuǎn dài tā
呢。国王为了感谢唐僧师徒，大摆宴席来款待他

men   hái yào ràng wèi gěi táng sēng   táng sēng qǔ jīng xīn qiè   dì èr tiān biàn jì
们，还要让位给唐僧。唐僧取经心切，第二天便继

xù gǎn lù   guó wáng zhǐ hǎo sǎ lèi yǔ tā gào bié le
续赶路，国王只好洒泪与他告别了。

第二十一章 火云洞力战红孩儿

唐僧师徒走了半个月，来到一座陡峭的高山前。忽然，他们看到一朵红云直冲云霄，悟空三人连忙保护师父。

红云里果然有个妖精。这妖精早就想吃唐僧肉，看见唐僧被三个徒弟保护着，就想出个主意。师徒四人没走多久，突然听到前面有人喊"救命"。

他们走过去，看见有个七岁大的小孩儿，正光着身子，被高高地吊在大树上。唐僧见了，想去救他。悟空知道这小孩儿是个妖精，赶紧阻拦，可唐僧

红孩儿把自己捆绑起来，想骗唐僧救他。

bú xìn tā de huà　táng sēng wèn
不信他的话。唐僧问：

hái zi　nǐ zěn me zài zhè
"孩子，你怎么在这

li　xiǎo háir shuō
里？"小孩儿说：

wǒ jiā lái le qiáng dào
"我家来了强盗，

fù mǔ bèi hài le
父母被害了，

wǒ bèi diào dào zhè li
我被吊到这里，

qǐng shī fu jiù mìng
请师父救命。"

tā bèi fàng xià zhī hòu
他被放下之后，

悟空驮着红孩儿，觉
得十分沉重。

wù kōng qiǎng xiān bēi qǐ le tā　gù yì màn tūn tūn de zǒu zài shī fu hòu mian
悟空抢先背起了他，故意慢吞吞地走在师父后面。

yāo jing shǐ chū zhòng shēn fǎ　biàn chū qiān jīn zhòng de jiǎ shēn lái yā zhù wù
妖精使出重身法，变出千斤重的假身来压住悟

kōng　zhēn shēn què tiào dào kōng zhōng　wù kōng bǎ jiǎ shēn wǎng lù páng de shí
空，真身却跳到空中。悟空把假身往路旁的石

tou shang shuāi qù　jiāng jiǎ shēn shuāi de fěn suì
头上摔去，将假身摔得粉碎。

yāo jing jiàn wù kōng bù hǎo duì fu　jiù chuī chū yí zhèn xuàn fēng　bǎ
妖精见悟空不好对付，就吹出一阵旋风，把

táng sēng juǎn zǒu le　wù kōng zhuī chū jǐ shí lǐ dì　yě bú jiàn yì diǎnr
唐僧卷走了。悟空追出几十里地，也不见一点儿

zōng yǐng　máng jiào chū tǔ dì shén hé shān shén　wèn　zhè yāo jing shì nǎ lǐ
踪影，忙叫出土地神和山神，问："这妖精是哪里

de　zhòng shén shuō　zhè yāo jing jiào hóng hái ér　shì niú mó wáng de ér
的？"众神说："这妖精叫红孩儿，是牛魔王的儿

zi　zhù zài kū sōng jiàn biān de huǒ yún dòng　céng zài huǒ yàn shān xiū liàn sān
子，住在枯松涧边的火云洞，曾在火焰山修炼三

红孩儿喷出三昧真火，悟空抵挡不住。

bǎi nián， liàn chéng
百年，炼成

sān mèi zhēn huǒ
三昧真火。"

wù kōng lè le， yuán
悟空乐了，原

lái niú mó wáng céng
来牛魔王曾

yǔ tā jié bài wéi
与他结拜为

xiōng dì， lùn qǐ
兄弟，论起

bèi fen， hóng hái ér hái děi guǎn tā jiào shū shu ne
辈分，红孩儿还得管他叫叔叔呢。

méi duō jiǔ， sān rén jiù zhǎo dào le huǒ yún dòng shuí zhī hóng hái ér
没多久，三人就找到了火云洞。谁知红孩儿

bú rèn wù kōng zhè ge shū shu tā kàn dào wù kōng hòu jiù wǎng bí zi shang
不认悟空这个叔叔。他看到悟空后，就往鼻子上

chuí le liǎng quán niàn qǐ zhòu yǔ zhěng gè huǒ yún dòng dùn shí téng qǐ liè yàn
捶了两拳，念起咒语，整个火云洞顿时腾起烈焰。

wù kōng hé bā jiè dǐ dǎng bú guò zhǐ hǎo bài xià zhèn lái wù kōng zhǎo lái
悟空和八戒抵挡不过，只好败下阵来。悟空找来

sì hǎi lóng wáng bāng máng kě shì qīng pén dà yǔ bú dàn méi jiāo miè sān mèi
四海龙王帮忙。可是，倾盆大雨不但没浇灭三昧

zhēn huǒ huǒ shì fǎn ér biàn de gèng wàng shèng le hóng hái ér pēn chū yì kǒu
真火，火势反而变得更旺盛了。红孩儿喷出一口

yān wù kōng bèi xūn de lèi rú yǔ xià luò bài ér táo wù kōng tiào dào jiàn
烟，悟空被熏得泪如雨下，落败而逃。悟空跳到涧

shuǐ li hūn sǐ guò qù le bā jiè zhǎo dào wù kōng hòu yòng àn mó chán fǎ
水里，昏死过去了。八戒找到悟空后，用按摩禅法

jiù xǐng le tā suí hòu lián máng qù zhǎo pú sà bāng máng
救醒了他，随后连忙去找菩萨帮忙。

hóng hái ér xiǎng dào wù kōng huì qù qǐng jiù bīng tiào dào kōng zhōng jiàn
红孩儿想到悟空会去请救兵，跳到空中，见

bā jiè zhèng wǎng nán qù　　lì kè míng bai le　　tā biàn chéng jiǎ guān yīn　　bǎ
八戒正往南去，立刻明白了。他变成假观音，把

bā jiè piàn jìn huǒ yún dòng　　bǎng le qǐ lái　　wù kōng jiàn bā jiè jiǔ jiǔ bù huí
八戒骗进火云洞，绑了起来。悟空见八戒久久不回，

biàn chéng cāng ying fēi jìn huǒ yún dòng dǎ tàn　　kàn jiàn tā guǒ rán bèi zhuā zhù le
变成苍蝇飞进火云洞打探，看见他果然被抓住了。

zhè shí　　wù kōng tīng dào hóng hái ér jiào lái xiǎo yāo　　ràng tā men qǐng niú mó wáng
这时，悟空听到红孩儿叫来小妖，让他们请牛魔王

lái chī táng sēng ròu　　wù kōng tīng hòu　　jiù biàn chéng niú mó wáng de yàng zi děng
来吃唐僧肉。悟空听后，就变成牛魔王的样子等

zài xiǎo yāo de bì jīng lù shang　　bèi xiǎo yāo qǐng jìn huǒ yún dòng　　hóng hái ér
在小妖的必经路上，被小妖请进火云洞。红孩儿

xìng gāo cǎi liè de yào yǔ fù wáng fēn chī táng sēng ròu　　kě wù kōng què zhǎo jiè
兴高采烈地要与父王分吃唐僧肉，可悟空却找借

kǒu shuō bù chī　　hóng hái ér xīn shēng hú yí　　gù yì wèn qǐ zì jǐ de shēng
口说不吃。红孩儿心生狐疑，故意问起自己的生

rì　　wù kōng huí dá bù chū　　hóng hái ér jiù zhī dào niú mó wáng shì jiǎ de
日，悟空回答不出，红孩儿就知道牛魔王是假的。

wù kōng jiàn lòu chū le mǎ jiǎo　　lián máng jià yún pǎo le　　yòu qù zhǎo guān yīn
悟空见露出了马脚，连忙驾云跑了，又去找观音

悟空变成的牛魔王引起了红孩儿的怀疑。

pú sà bāng máng
菩萨帮忙。

pú sà yòng yáng
菩萨用杨

liǔ zhī zhàn qǔ gān lù
柳枝蘸取甘露，

zài tā de shǒu shang
在他的手上

xiě xià mí zì
写下"迷"字，

yòu duì tā dīng zhǔ yì fān
又对他叮嘱一番。

wù kōng yì shǒu zuàn jǐn quán
悟空一手攥紧拳

头，一手拿着金箍棒，又来向红孩儿索战。打了几个回合，悟空把拳头松开，红孩儿一下子迷乱心神，和悟空来到菩萨面前。悟空藏进菩萨的神光里，红孩儿找不到悟空，就问菩萨："你是悟空请来的救兵吗？"见菩萨没理他，红孩儿举枪就刺。菩萨丢下宝莲台，腾云飞上半空。红孩儿看到宝莲台，开心地学着菩萨的样子坐了上去。

这时，菩萨拿着杨柳枝，说声"退"，只见莲台上的花瓣马上变成锋利的刀锋，把红孩儿刺得皮开肉绽。红孩儿根本拔不动这些刀锋，连声求

悟空哄红孩儿去菩萨身边。

菩萨收服了红孩儿。

菩萨饶命，说他愿意皈依佛门。菩萨又说声"退"，
那些刀锋马上不见了，红孩儿身上的伤也好了。

红孩儿见自己没受伤，又拿枪向菩萨刺来。这时菩
萨扔出五个金箍，一个套在他的头上，两个套在手
上，两个套在脚上。菩萨念起紧箍咒，红孩儿疼
得满地打滚儿。菩萨说声"合"，红孩儿的手便合
在一起，怎么也分不开，只好叩头下拜。菩萨收他
当善财童子，返回了南海。

悟空找到沙和尚，二人杀回火云洞，救出师
父和八戒，一行四人又往西方出发了。

第二十二章 | 车迟国勇斗三妖魔

早春的一天，师徒四人正走着，忽然听到一声
zǎo chūn de yì tiān shī tú sì rén zhèng zǒu zhe hū rán tīng dào yì shēng

吆喝，声音大得如同天崩地裂。悟空跳到空中一
yāo he shēng yīn dà de rú tóng tiān bēng dì liè wù kōng tiào dào kōng zhōng yí

看，发现前面有座城池，很多和尚穿得破破烂
kàn fā xiàn qián mian yǒu zuò chéng chí hěn duō hé shang chuān de pò pò làn

烂，正在干着苦力活。旁边的道士不停地鞭打他
làn zhèng zài gàn zhe kǔ lì huó páng biān de dào shi bù tíng de biān dǎ tā

们，吆喝声就是这道士发出来的。
men yāo he shēng jiù shì zhè dào shi fā chū lai de

悟空觉得奇怪，打听后才得知，原来这里是车迟
wù kōng jué de qí guài dǎ ting hòu cái dé zhī yuán lái zhè li shì chē chí

国。二十年前，天降大旱，幸好来了虎力、鹿力、羊力
guó èr shí nián qián tiān jiàng dà hàn xìng hǎo lái le hǔ lì lù lì yáng lì

三位道仙，他们能呼风唤雨，从此国王就尊道灭
sān wèi dào xiān tā men néng hū fēng huàn yǔ cóng cǐ guó wáng jiù zūn dào miè

僧，把他们封为国师，让
sēng bǎ tā men fēng wéi guó shī ràng

和尚给道士做
hé shang gěi dào shi zuò

苦工。悟空
kǔ gōng wù kōng

听说后，
tīng shuō hòu

就想捉
jiù xiǎng zhuō

弄一下三位
nòng yí xià sān wèi

道仙。半夜，
dào xiān bàn yè

和尚向悟空诉苦，悟空为他们鸣不平。

wù kōng dài zhe bā jiè
悟空带着八戒、

shā hé shang lái dào dào
沙和尚来到道

shi suǒ zài de sān qīng guàn
士所在的三清观。

tā men biàn chéng tài shàng
他们变成太上

lǎo jūn yuán shǐ tiān zūn
老君、元始天尊、

líng bǎo dào jūn lái dào
灵宝道君，来到

le zhèng diàn ràng xiǎo
了正殿，让小

dào shi jiào lái sān wèi dào
道士叫来三位道

虎力大仙向国王告悟空的状。

xiān dào xiān men jìn lái hòu kàn dào huó tiān zūn jiàng lín gǎn jǐn guì bài
仙。道仙们进来后，看到活天尊降临，赶紧跪拜，

qiú tiān zūn cì yǔ shèng shuǐ wù kōng zhuāng mú zuò yàng de shuō xiǎo xiān zhǔn
求天尊赐予圣水。悟空装模作样地说："小仙准

bèi qì mǐn sān rén lián máng bān lái dà gāng shā pén hé huā píng chèn tā
备器皿。"三人连忙搬来大缸、砂盆和花瓶。趁他

men bú zhù yì wù kōng sān rén zài lǐ miàn gè zì sā le pāo niào suí hòu
们不注意，悟空三人在里面各自撒了泡尿。随后，

wù kōng shuō xiǎo xiān lái lǐng shèng shuǐ dào xiān men fēn fēn guò lái qiǎng zhe
悟空说："小仙来领圣水。"道仙们纷纷过来抢着

hē què fā xiàn shèng shuǐ yǒu gǔ sāo wèir wù kōng sān rén jiàn le xiào
喝，却发现圣水有股骚味儿。悟空三人见了，笑

de xiàn chū le yuán xíng jià yún pǎo le
得现出了原形，驾云跑了。

dì èr tiān táng sēng shī tú jìn gōng lái huàn guān wén hǔ lì rèn chū le
第二天，唐僧师徒进宫来换关文，虎力认出了

tā men jiù bǎ zuó wǎn fā shēng de shì bǐng zòu gěi guó wáng guó wáng dà nù
他们，就把昨晚发生的事禀奏给国王。国王大怒，

车迟国勇斗三妖魔

wù kōng què yī gài bù chéng rèn zhè shí zhèng hǎo yǒu lǎo bǎi xìng qiú guó shī
悟空却一概不承认。这时，正好有老百姓求国师

jiàng yǔ guó wáng shuō rú guǒ nǐ gǎn yǔ guó shī bǐ sài qiú yǔ jiù fàng
降雨，国王说："如果你敢与国师比赛求雨，就放

nǐ men xī xíng wù kōng tóng yì le
你们西行。"悟空同意了。

hǔ lì zhàn zài gāo tái shang niàn dòng zhòu yǔ jiù jiàn kōng zhōng mǎ shàng
虎力站在高台上，念动咒语，就见空中马上

guā qǐ le fēng wù kōng tiào dào tiān shang ràng fēng pó po xùn èr láng shōu
刮起了风。悟空跳到天上，让风婆婆、巽二郎收

zhù fēng yòu jiào yún tóng wù zǐ léi gōng diàn mǔ hé lóng wáng bú yào tīng
住风，又叫云童、雾子、雷公、电母和龙王不要听

hǔ lì de zhǐ lìng zhǐ tīng tā de mìng lìng hǔ lì máng huo bàn tiān yì dī
虎力的指令，只听他的命令。虎力忙活半天，一滴

悟空以晃动金箍棒为信号，求到了大雨。

yǔ yě méi yǒu qiú dào lún
雨也没有求到。轮

dào wù kōng le tā àn yuē
到悟空了，他按约

dìng huàng dòng jīn gū bàng tiān
定晃动金箍棒，天

kōng dùn shí diàn shǎn léi míng
空顿时电闪雷鸣，

xià qǐ qīng pén dà yǔ hǔ
下起倾盆大雨。虎

lì bù fú qì duì táng sēng
力不服气，对唐僧

shuō wǒ men bǐ zuò chán
说："我们比坐禅

ba táng sēng dā ying le
吧。"唐僧答应了。

èr rén zuò shàng gāo tái jǐ
二人坐上高台，几

ge shí chen guò qù le lù
个时辰过去了，鹿

唐僧隔板猜物又猜对了。

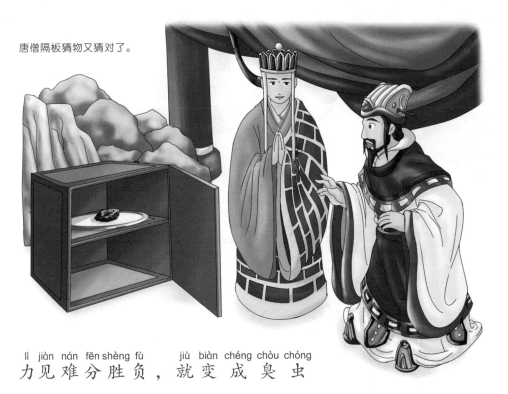

lì jiàn nán fēn shèng fù   jiù biàn chéng chòu chóng
力见难分胜负，就变成臭虫

lái yǎo táng sēng   jiāng táng sēng yǎo de tòng yǎng nán rěn   wù kōng kàn jiàn le
来咬唐僧，将唐僧咬得痛痒难忍。悟空看见了，

máng biàn chéng fēi chóng gǎn zǒu chòu chóng   yòu biàn chéng yì tiáo dà wú gōng   shǐ
忙变成飞虫赶走臭虫，又变成一条大蜈蚣，使

jìnr   de yǎo hǔ lì de bí zi   hǔ lì lì kè cóng gāo tái shang shuāi le xià
劲儿地咬虎力的鼻子。虎力立刻从高台上摔了下

lái   lù lì xiǎng wèi xiōng zhǎng bào chóu   tí chū dǔ gé bǎn cāi wù   guó wáng
来。鹿力想为兄长报仇，提出赌隔板猜物。国王

zhǔn bèi hǎo guì zi   ràng niáng niang fàng rù bǎo bèi   wù kōng biàn chéng fēi chóng
准备好柜子，让娘娘放入宝贝。悟空变成飞虫，

zuān jìn guì li   fā xiàn bǎo bèi yuán lái shì yí tào gōng yī   jiù bǎ tā biàn chéng
钻进柜里，发现宝贝原来是一套宫衣，就把它变成

yì kǒu zhōng   rán hòu fēi chū lái gào sù shī fu   táng sēng cāi duì le   guó
一口钟，然后飞出来告诉师父。唐僧猜对了。国

wáng jué de qí guài   jiù qīn zì zhāi xià yí gè táo zi fàng jìn guì li   yòu ràng
王觉得奇怪，就亲自摘下一个桃子放进柜里，又让

tā men cāi   wù kōng zuān jìn qù chī wán táo zi   fēi chū lái gào sù le shī
他们猜。悟空钻进去吃完桃子，飞出来告诉了师

老虎精现了原形。

父。唐僧又猜对了。鹿力不服气，又将道童放进柜里。悟空钻进去，变成鹿力的模样，哄骗道童说，为了赢唐僧，要把他变成和尚。结果唐僧又赢了。

三位道仙不愿认输，又提出比砍头、剖腹、下油锅。国王下令先砍悟空。刽子手一刀砍下悟空的头，悟空说声"变"，只见他的脖子上又长出一个头。轮到虎力了，刽子手一刀也砍下他的头。可虎力只会接上原来的头，不能再长出一个。于是悟空拔出毫毛，变成一只黄狗，把虎力的头叼跑了。虎力当场死了，现出了原形，原来是一只无头的黄毛老虎。

鹿力又和悟空比剖腹。刽子手把悟空的肚子剖开，悟空用手一摸，肚皮就合拢了。等鹿力的腹部被剖(pōu)开(kāi)时(shí)，悟(wù)空(kōng)变(biàn)成(chéng)一(yì)只(zhī)饿(è)鹰(yīng)，叼(diāo)走(zǒu)了(le)他(tā)的(de)五(wǔ)脏(zàng)六(liù)腑(fǔ)。鹿(lù)力(lì)马(mǎ)上(shàng)现(xiàn)出(chū)了(le)原(yuán)形(xíng)，原(yuán)来(lái)是(shì)一(yì)只(zhī)白(bái)毛(máo)角(jiǎo)鹿(lù)。

羊(yáng)力(lì)和(hé)悟(wù)空(kōng)比(bǐ)下(xià)油(yóu)锅(guō)。悟(wù)空(kōng)跳(tiào)到(dào)滚(gǔn)烫(tàng)的(de)油(yóu)锅(guō)里(li)，翻(fān)波(bō)戏(xì)浪(làng)，就(jiù)像(xiàng)玩(wán)水(shuǐ)一(yí)样(yàng)。羊(yáng)力(lì)一(yí)看(kàn)，也(yě)跳(tiào)进(jìn)油(yóu)锅(guō)洗(xǐ)起(qǐ)了(le)澡(zǎo)。悟(wù)空(kōng)觉(jué)得(de)奇(qí)怪(guài)，伸(shēn)手(shǒu)一(yì)摸(mō)，发(fā)现(xiàn)油(yóu)锅(guō)竟(jìng)然(rán)是(shì)凉(liáng)的(de)。他(tā)心(xīn)想(xiǎng)："哼(hng)，一(yí)定(dìng)是(shì)有(yǒu)冷(lěng)龙(lóng)保(bǎo)护(hù)。"悟(wù)空(kōng)让(ràng)北(běi)海(hǎi)龙(lóng)王(wáng)收(shōu)走(zǒu)锅(guō)里(li)的(de)冷(lěng)龙(lóng)，油(yóu)锅(guō)立(lì)刻(kè)沸(fèi)腾(téng)起(qǐ)来(lái)，羊(yáng)力(lì)被(bèi)烫(tàng)死(sǐ)了(le)，原(yuán)来(lái)是(shì)只(zhī)羚(líng)羊(yáng)。

国(guó)王(wáng)这(zhè)才(cái)知(zhī)道(dào)他(tā)们(men)是(shì)妖(yāo)怪(guài)，于(yú)是(shì)立(lì)即(jí)传(chuán)旨(zhǐ)，赦(shè)免(miǎn)和(hé)尚(shang)，又(yòu)拜(bài)谢(xiè)了(le)唐(táng)僧(sēng)师(shī)徒(tú)，把(bǎ)他(tā)们(men)送(sòng)出(chū)城(chéng)去(qù)。

悟空在滚烫的油锅内嬉戏。

第二十三章 通天河金鱼精捣怪

chūn qù qiū lái zhè yí rì shī tú sì rén lái dào yì tiáo hé biān hé shuǐ
春去秋来，这一日，师徒四人来到一条河边。河水

tāo tāo zuò xiǎng shēn bù kě cè hé biān lì zhe yí kuài shí bēi shàng mian kè
滔滔作响，深不可测。河边立着一块石碑，上面刻

zhe sān gè dà zì tōng tiān hé páng biān hái yǒu yì háng xiǎo zì jìng guò
着三个大字"通天河"。旁边还有一行小字"径过

bā bǎi lǐ gèn gǔ shǎo rén xíng táng sēng shī tú bù zhī zěn me guò hé jiàn
八百里，亘古少人行"。唐僧师徒不知怎么过河，见

tiān sè yǐ wǎn jiù zhǎo dào yí hù rén jia zhǔn bèi jiè sù yǒu gè lǎo rén bǎ tā
天色已晚，就找到一户人家准备借宿。有个老人把他

men yíng jìn wū li táng sēng jiàn lǎo rén āi shēng tàn qì biàn wèn tā yǒu shén
们迎进屋里。唐僧见老人唉声叹气，便问他有什

me nán chù lǎo rén gào sù le tā yuán lái tōng tiān hé àn biān yǒu zuò líng gǎn
么难处。老人告诉了他。原来通天河岸边有座灵感

师徒四人来到通天河，
无法渡河。

悟空和八戒变成童男童女,等着妖怪出现。

大王庙,庙里的大王每年要吃一对童男童女,否则就让村里降祸生灾。这一年轮到他家祭祀了,老人没办法,只好准备将一对儿女交出去。悟空说:"我替你的孩子去死,看那妖怪敢不敢吃我!"说完便让老人把两个孩子抱出来看看。老人不知道悟空要干什么,但他还是回屋带出了两个孩子。悟空看到他们后,摇身一变,就变成男孩的模样,又让八戒变成女孩。这时,祭祀的时间已经到了,外面有人高声喊叫,让他家赶紧抬出童男童女。于是,悟空和八戒坐在盘子里,让老人把他们送进灵感大王庙。

没多久,妖怪进来了,伸手就要抓女孩。八戒跳下桌子变回本相,举耙就向妖怪打去。妖怪见势

bú miào huà chéng yí zhèn kuáng fēng
不妙，化成一阵狂风，

zuān jìn tōng tiān hé wù kōng
钻进通天河。悟空

shuō zhè yāo guài yuán
说："这妖怪原

lái shì hé zhōng zhī
来是河中之

wù zán men xiān
物。咱们先

huí qù gào sù
回去告诉

shī fu míng
师父，明

tiān zài lái zhuō tā ba
天再来捉他吧。"

唐僧急着赶路，派八戒去看看河面有没有冻成冰。

què shuō yāo guài táo huí fǔ li mèn mèn bú lè xiā bīng xiè jiàng wèn
却说妖怪逃回府里，闷闷不乐，虾兵蟹将问

qīng chu yuán yīn bān yī guì yú pó shàng qián shuō dà wáng néng hū fēng huàn
清楚原因，斑衣鳜鱼婆上前说："大王能呼风唤

yǔ bù rú jīn wǎn jiàng xià dà xuě ràng hé shuǐ jié bīng děng táng sēng tā men
雨，不如今晚降下大雪，让河水结冰。等唐僧他们

guò hé shí jiù zhuō zhù tā men yāo guài tīng hòu dà xǐ lì kè xīng fēng
过河时，就捉住他们。"妖怪听后大喜，立刻兴风

zuò xuě dà xuě zhěng zhěng xià le yí yè dì èr tiān yì zǎo táng sēng shī
作雪。大雪整整下了一夜。第二天一早，唐僧师

tú bèi dòng xǐng le kàn jiàn wài mian de jī xuě yǒu liǎng chǐ duō shēn táng sēng
徒被冻醒了，看见外面的积雪有两尺多深。唐僧

zháo jí gǎn lù biàn pài bā jiè qù tōng tiān hé kàn hé miàn yǒu méi yǒu dòng
着急赶路，便派八戒去通天河，看河面有没有冻

chéng bīng bā jiè zài hé miàn shang shì le shì fā xiàn hé shuǐ dòng de hěn jiē
成冰。八戒在河面上试了试，发现河水冻得很结

shi gǎn jǐn huí lái gào sù shī fu yú shì tā men cí bié lǎo rén zhí bèn tōng
实，赶紧回来告诉师父。于是他们辞别老人，直奔通

天河。四人正在河面上走着，忽听脚下咔嚓一声响，就见河面裂了个大窟窿。此时，妖怪已率众小妖在此等候多时了。等到唐僧师徒走到河中间，他们便弄个神通，忽地将冰层迸开，唐僧师徒全都落入水中。妖怪捉住唐僧，把他带回水府，准备和斑衣鳜鱼婆一起来吃唐僧肉。

悟空在半空中看见师父被捉，连忙下水去救师父。他走了百余里，看见前面有座楼台，上写"水鼋之家"四个字。悟空变成长脚虾婆，三跳两跳跳进门里，听见妖怪正与斑衣鳜鱼婆商量吃唐僧肉呢。

悟空回到岸边，向师弟们说了里面的情况。八戒和沙和尚水性好，就下水去引妖怪出来。他们闯

悟空变成长脚虾婆，听到妖怪和斑衣鳜鱼婆在商量吃唐僧肉。

到水府门前，高声叫道："死妖怪，快还我师父。"

妖怪知道唐僧的徒弟来了，拿起铜锤出来迎战。三

人在水下打了两个时辰，八戒见不能取胜，就诈败逃

走，妖怪紧追不舍。悟空看到妖怪露出水面，举棒

就打，妖怪急忙拿着铜锤招架。他们一个在河边

涌浪，一个在岸上施威。不到三个回合，妖怪招

架不住，转身钻到水里，再也不敢出来了。悟空

让八戒、沙和尚守在河边，自己去南海请观音菩萨

帮忙。

悟空来到南海后，众神让他先在翠岩休息，说

菩萨知道他要来，早上

就去了紫竹林。悟空

等了很久，

始终未见

菩萨过来，便

不顾阻拦闯

进紫竹林，看

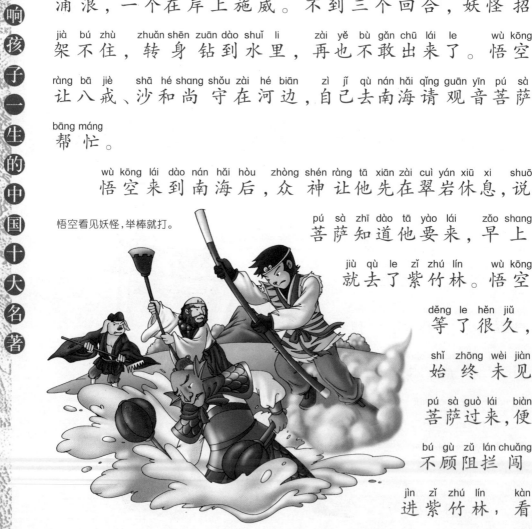

悟空看见妖怪，举棒就打。

到菩萨正不紧不慢地削着竹皮。悟空急忙说明来意，可是菩萨只让他在外面等候。悟空无奈，只好继续等下去。不多时，菩萨提着竹篮出来了，说："悟

妖怪原来是莲花池里的金鱼。

空，我们去救你师父吧。"二人腾空而去，顷刻间就来到通天河。菩萨解下束袄的丝绦，拴住篮子，把它抛向河中。念完咒语，菩萨提起篮子，只见篮子里有尾亮闪闪的金鱼。原来妖怪是莲花池里养大的金鱼，因每天都能听到经文，便修炼成精。菩萨算出金鱼精在通天河捣怪，这才编起竹篮，用竹篮收服了他。

悟空三人连忙救出师父，又准备上路了。村里的人都出来相送，感谢他们的救命之恩。

这天，师徒四人又来到一座高山前，只见这里寒风凛冽，怪石嶙峋。四人艰难地过了山，看到山坳里有一处房舍。悟空见房舍有凶云缭绕，将师父安顿在路边后，

八戒、沙和尚一穿上背心，就被绑住了。

腾云去远处寻找吃的。唐僧三人等了很久，也不见悟空回来。他们觉得寒冷，想在附近走走。三人很快来到房舍前，见房门半掩着，好奇地走了进去。八戒看到桌子上有三件纳锦背心，想穿上御寒，沙和尚也穿上一件。二人刚穿好背心，一下子被绑住了。唐僧急忙去解绳索，可怎么也解不开。房舍里有个老妖，看到有人被绑住了，带着小妖把他们一举捉住。老妖问明他们的来历，说：

"等捉住孙悟空，把他们全都蒸着吃了。"

悟空回来后，四处找不到师父，就按照马蹄印儿寻路。走了五六里，他看见一个老翁走了过来，忙上前问路。老翁告诉悟空，此山叫金峣山，山上有个金峣洞，里面有个独角犀大王，还让悟空快去救他的师父。原来老翁正是这里的山神。悟空一路来到山洞前，使劲儿叫骂，老妖便拿着钢枪出来迎战。二人打了五六十回合，不分胜负。老妖让小妖们一起上阵，悟空忙把金箍棒变成千百

悟空和老妖大战五六十回合，不分胜员。

根，在空中乱落下来，把小妖们打得抱头鼠窜。

老妖忙从袖中抛出一个亮闪闪的圈子，把满天的金箍棒收走了。悟空没了兵器，只好驾云跑了。

他坐在山后，想到此怪如此厉害，一定不是凡间怪物，必是天上凶星。于是他驾起祥云，来到灵霄宝殿，请玉帝点查天将。可是各路神仙都在，玉帝只好派李天王父子率领天兵去降妖。哪吒变成三头六臂，手持六种武器，恶狠狠地向老妖打去。老妖抛出圈子，把哪吒的兵器都收去了。这时，李天王想出个主意，说："水火套不住，咱们用水火治服老妖吧。"于是悟空请来火德星助阵。火德星放出火枪、火刀、火弓等种种武器，可老妖

老妖抛出圈子，把哪吒的六种兵器全部收走了。

黄河水伯也治不了老妖的圈子。

yòng quān zi bǎ tā men quán dōu shōu xià le　　wù kōng yí kàn lǎo yāo bú pà huǒ
用圈子把它们全都收下了。悟空一看老妖不怕火，

jiù cāi tā yí dìng pà shuǐ　　yú shì yòu qǐng lái shuǐ dé xīng　　shuǐ dé xīng pài chū
就猜他一定怕水，于是又请来水德星。水德星派出

huáng hé shuǐ bó qián qù xiáng yāo　　shuǐ bó ná zhe bái yù yú　　nà lǐ zhuāng zhe
黄河水伯前去降妖。水伯拿着白玉盂，那里装着

zhěng tiáo huáng hé　　yí jiàn lǎo yāo　　tā jiù bǎ huáng hé shuǐ pō le guò qu　　lǎo
整条黄河，一见老妖，他就把黄河水泼了过去。老

yāo lián máng qǔ chū quān zi　　dǎng zhù dòng mén　　zhǐ jiàn hé shuǐ gǔn gǔn de wǎng
妖连忙取出圈子，挡住洞门，只见河水滚滚地往

huí yǒng　　wù kōng hé shuǐ bó huāng máng tiào dào kōng zhōng　　hé shuǐ yòu liú huí shān
回涌。悟空和水伯慌忙跳到空中，河水又流回山

jiàn　　wù kōng bá chū yì bǎ háo máo　　biàn chū yì qún xiǎo hóu　　zhè xiē xiǎo hóu
涧。悟空拔出一把毫毛，变出一群小猴，这些小猴

bǎ lǎo yāo tuán tuán wéi zhù le　　lǎo yāo yòu ná chū quān zi　　shōu le zhè xiē xiǎo
把老妖团团围住了。老妖又拿出圈子，收了这些小

hóu　　zhè cái dé shèng huí le shān dòng
猴，这才得胜回了山洞。

wù kōng xiǎng tōu zǒu nà gè quān zi　　jiù biàn chéng yì zhī xī shuài cóng
悟空想偷走那个圈子，就变成一只蟋蟀，从

mén fèng li zuān jìn dòng qù děng
门缝里钻进洞去。等

dào bàn yè tā jiàn lǎo yāo shuì shú
到半夜，他见老妖睡熟

le qiāo qiāo de liū le chū lai
了，悄悄地溜了出来，

kàn dào quān zi zhèng tào zài
看到圈子正套在

lǎo yāo de gē bo shang
老妖的胳膊上。

wù kōng yòu biàn chéng yì
悟空又变成一

zhī tiào zao duì zhǔn lǎo yāo de
只跳蚤，对准老妖的

悟空想尽办法，还是偷不到圈子。

gē bo yǎo le yì kǒu lǎo yāo téng de tiào qǐ lai kàn dào zhōu wéi méi yǒu rén
胳膊咬了一口。老妖疼得跳起来，看到周围没有人，

jiù bǎ quān zi luō le luō yòu shuì zháo le guò le yí huìr wù kōng
就把圈子捋了捋，又睡着了。过了一会儿，悟空

yòu yǎo le yì kǒu kě shì lǎo yāo yí kàn méi yǒu rén yòu shuì xià le wù
又咬了一口，可是老妖一看没有人，又睡下了。悟

kōng tōu bú dào quān zi zhǐ hǎo biàn chéng xī shuài tiào le chū qu tā lái dào
空偷不到圈子，只好变成蟋蟀跳了出去。他来到

hòu yuàn kàn dào lǎo yāo jiǎo huò de bīng qì dōu zài lì kè bá xià yì bǎ
后院，看到老妖缴获的兵器都在，立刻拔下一把

háo máo biàn chū yì qún xiǎo hóu ná zhe bīng qì zòng qǐ le huǒ huǒ shāo
毫毛，变出一群小猴，拿着兵器，纵起了火。火烧

de hěn dà dòng li de xiǎo yāo bèi shāo de sǐ de sǐ táo de táo sì sàn
得很大，洞里的小妖被烧得死的死，逃的逃，四散

táo mìng qù le
逃命去了。

lǎo yāo tīng jiàn kū jiào shēng chū lai yí kàn yòu yòng quān zi bǎ zhè
老妖听见哭叫声，出来一看，又用圈子把这

qún xiǎo hóu hé suǒ yǒu de bīng qì tào le huí qu méi bàn fǎ wù kōng zhǐ
群小猴和所有的兵器套了回去。没办法，悟空只

hǎo xiàng xī tiān qiú zhù。 rú lái fó zǔ ràng wù kōng qù zhǎo tài shàng lǎo jūn。
好向西天求助。如来佛祖让悟空去找太上老君。

yú shì wù kōng lái dào tài shàng lǎo jūn de dān fáng，xiàng tā shuō míng lái yì。
于是悟空来到太上老君的丹房，向他说明来意。

tài shàng lǎo jūn lián máng sì xià chá kàn，zhè cái fā xiàn zuò qí bú jiàn le，qīng
太上老君连忙四下查看，这才发现坐骑不见了，清

diǎn bǎo wù shí，yòu fā xiàn jīn gāng zhuó bú jiàn le。tài shàng lǎo jūn lì kè
点宝物时，又发现金刚琢不见了。太上老君立刻

ná zhe bā jiāo shàn，suí wù kōng lái dào jīn dōu shān。
拿着芭蕉扇，随悟空来到金峺山。

tài shàng lǎo jūn ràng wù kōng yǐn chū lǎo yāo。lǎo yāo jiàn dào zhǔ gōng lái
太上老君让悟空引出老妖。老妖见到主公来

le，xià de dǎn zhàn xīn jīng。tài shàng lǎo jūn niàn le jù zhòu yǔ，yòng shàn zi
了，吓得胆战心惊。太上老君念了句咒语，用扇子

yì shān，lǎo yāo dùn shí lì ruǎn jīn má，xiàn chū yuán xíng。tài shàng lǎo jūn bǎ
一扇，老妖顿时力软筋麻，现出原形。太上老君把

jīn gāng zhuó wǎng niú bí zi shang yì shuān，biàn qí zhe tā huí tiān gōng qù le。
金刚琢往牛鼻子上一拴，便骑着它回天宫去了。

shī tú sì rén lí kāi jīn dōu shān，jì xù xī xíng。
师徒四人离开金峺山，继续西行。

妖怪原来是太上
老君的坐骑。

影响孩子一生的中国十大名著

冬去春来，师徒四人走到一条河边。唐僧见河水清澈，就让八戒舀碗水给他喝。唐僧喝了几口后，剩下的水全都被八戒喝光了。很快，二人的肚子开始疼起来，而且越来越大。

悟空连忙找到附近的村庄，向一位老婆婆讨些热汤喝。老婆婆听说唐僧他们喝了河水，忍不住笑了起来，说："这里是西梁女儿国，只有女人，没有男人。这里的女人到了二十岁以后，才能喝河里的水，

唐僧和八戒捂着变大的肚子，疼得直冒汗。

喝完就能生孩子了。"唐僧和八戒吓得大惊失色，急得直跺脚，说："这可怎么办呀？"老婆婆说："别害怕，只要喝下

如意真仙不但不给泉水，还与悟空打了起来。

村南解阳山落胎泉的泉水，很快就没事了。"悟空
来到解阳山，向聚仙庵庵主如意真仙说明来意。真
仙一听来者是孙悟空，立即拿出一把如意钩骂道："泼
猢狲，我正想找你报仇，你却送上门来了。"原
来他是红孩儿的叔叔，知道红孩儿被收做童子后，
正想去找悟空报仇雪恨。二人很快打了起来，没
打几个回合，如意真仙就败下阵来逃走了。等悟空
准备取泉水时，他又冲了过来。悟空心想："不让
我打水，我就来个调虎离山之计！"他找来沙和

shàng dāng bāng shǒu　rán hòu yǐn zǒu
尚当帮手，然后引走

zhēn xiān　jiàn èr rén zài yuǎn chù
真仙。见二人在远处

dǎ dòu　shā hé shang chèn
打斗，沙和尚趁

jī qǔ dào le quán shuǐ
机取到了泉水。

táng sēng hé bā jiè hē
唐僧和八戒喝

guò quán shuǐ hòu　dù
过泉水后，肚

zi hěn kuài jiù hǎo le
子很快就好了。

táng sēng shī tú lí
唐僧师徒离

女儿国的太师向唐僧提亲，唐僧坚决不同意。

kāi cūn zhuāng hòu　lái dào nǚ ér guó　tā men dào chéng nèi yí kàn　fā xiàn zhè
开村庄后，来到女儿国。他们到城内一看，发现这

lǐ guǒ rán dōu shì nǚ zǐ　sì rén fèi lì de chuān guò wéi guān de rén qún
里果然都是女子。四人费力地穿过围观的人群，

lái dào yì guǎn　xiàng yì chéng shuō míng lái yì　yì chéng bǎ cǐ shì bǐng bào gěi
来到驿馆，向驿丞说明来意。驿丞把此事禀报给

nǚ wáng　nǚ wáng tīng dào hòu　mǎn xīn huān xǐ de shuō　yuán lái shì táng cháo
女王。女王听到后，满心欢喜地说："原来是唐朝

de yù dì lái le　rú guǒ wǒ zhāo yù dì wéi zhàng fu　qǐ bú shì yì zhuāng
的御弟来了。如果我招御弟为丈夫，岂不是一桩

xǐ shì　yú shì nǚ wáng mìng tài shī wéi méi　yóu yì chéng zhǔ hūn　qù
喜事？"于是女王命太师为媒，由驿丞主婚，去

xiàng táng sēng qiú qīn　táng sēng tīng shuō nǚ wáng yào tí qīn　shuō shén me yě
向唐僧求亲。唐僧听说女王要提亲，说什么也

bù tóng yì　wù kōng què tì shī fu dā ying xià lái　tài shī zǒu hòu　táng sēng
不同意。悟空却替师父答应下来。太师走后，唐僧

zhí mán yuàn wù kōng　wù kōng shuō　shī fu　rú guǒ nǐ bù dā ying　nǚ wáng
直埋怨悟空，悟空说："师父，如果你不答应，女王

影响孩子一生的中国十大名著

就不给我们换关文,我们就走不了啊。"唐僧觉得悟空的话有道理,便同意依计行事。

没过多久,女王亲自来迎接唐僧,要和他回宫举行成亲仪式。悟空三人也跟着进了宫。女王大摆宴席。席间,唐僧说:"请陛下尽快倒换关文吧,趁天色还早,我好送他们出城。"女王立刻给关文盖上大印。唐僧见时机成熟,就邀请女王一同送徒弟们出城。女王不知是计,与唐僧一起登上龙车。一行数人出了城门后,唐僧说:"陛下请回吧,我们师徒与你就此告别了。"女王顿时大惊失色,追问缘由。

这时,路边忽然闪出一个女子。她掀起一阵旋风,把唐僧刮走了。

唐僧向女王告辞,女王觉得很奇怪。

wù kōng sān rén lián máng tiào shàng yún duān　suí xuàn fēng zhuī dào dú dí shān de yí

悟空三人连忙跳上云端，随旋风追到毒敌山的一

ge shān dòng　　wù kōng biàn chéng mì fēng zuān jìn dòng li　　kàn jiàn nǔ yāo zhèng

个山洞。悟空变成蜜蜂钻进洞里，看见女妖正

bī zhe shī fu chéng qīn　　wù kōng gǎn jǐn xiàn chū zhēn shēn　　jǔ bàng xiàng nǔ

逼着师父成亲。悟空赶紧现出真身，举棒向女

yāo dǎ qù　nǔ yāo jǔ zhe gāng chā yíng le shàng lai　èr rén dǎ chū dòng wài

妖打去。女妖举着钢叉迎了上来，二人打出洞外。

bā jiè hé shā hé shang jiàn le　　lián máng shàng qián zhù zhèn　　nǔ yāo dǎ bú

八戒和沙和尚见了，连忙上前助阵。女妖打不

guò sān rén　jiù shǐ chū dào mǎ dú zhuāng de zhāo shù　zài wù kōng de tóu shang

过三人，就使出倒马毒桩的招数，在悟空的头上

zhā le yí xià　　téng de wù kōng bài zhèn ér táo　　wù kōng sān rén jué dìng zài

扎了一下，疼得悟空败阵而逃。悟空三人决定在

shān pō xià xiū xi yī wǎn　míng rì zài zhàn

山坡下休息一晚，明日再战。

　　dì èr tiān　bā jiè zì gào fèn yǒng de zhǎo nǔ yāo tiǎo zhàn　bù duō shí

　　第二天，八戒自告奋勇地找女妖挑战。不多时，

nǔ yāo yòu yòng tóng yàng de fāng fǎ　zài bā jiè de zuǐ chún shang zhā le yí xià

女妖又用同样的方法，在八戒的嘴唇上扎了一下，

téng de bā jiè wǔ zhe zuǐ táo zǒu le　xiōng dì sān rén bù zhī rú hé shì hǎo　zhè

疼得八戒捂着嘴逃走了。兄弟三人不知如何是好，这

女妖很厉害，悟空中了她的毒招。

shí guān yīn pú sà lái le

时观音菩萨来了，

gào sù tā men　　yào xiǎng

告诉他们："要想

xiáng yāo　jiù děi qù qǐng

降妖，就得去请

guāng míng gōng de mǎo rì

光明宫的昴日

xīng guān　　wù kōng zhǎo

星官。"悟空找

dào le mǎo rì xīng guān

到了昴日星官，

女妖现出原形，原来是一只蝎子。

说明来意。昴日星官马上随他来到女儿国，往悟空和八戒的伤处吹口仙气，二人的伤立刻好了。

悟空和八戒来引女妖出洞，他们用力地凿开洞门。妖怪大怒，马上出来迎战。悟空和八戒把她引到石屏山后，昴日星官现出本相，原来是六尺高的双冠大公鸡。公鸡昂首向女妖叫了一声，女妖立刻现了原形，原来是只琵琶大小的蝎子。公鸡再叫一声，那蝎子就一命呜呼了。

悟空三人谢过昴日星官，又赶到洞中，救出了师父。师徒四人重整行装，继续西行。

第二十六章 真假美猴王大斗法

zhè yí rì　　shī tú sì rén zài shān li xíng zǒu　　tiān kuài hēi le　　què bú
这一日，师徒四人在山里行走，天快黑了，却不

jiàn yí hù rén jia　　wù kōng xián bái mǎ zǒu de tài màn　　jiù dà hè yì shēng
见一户人家。悟空嫌白马走得太慢，就大喝一声，

xià de bái mǎ fēi bēn ér qù　　táng sēng shōu bú zhù jiāng shéng　　hěn kuài bǎ wù
吓得白马飞奔而去。唐僧收不住缰绳，很快把悟

kōng sān rén pāo zài shēn hòu
空三人抛在身后。

zhè shí　　lù biān hū rán chuǎng chū yì huǒ qiáng dào　　lán zhù le táng sēng
这时，路边忽然闯出一伙强盗，拦住了唐僧，

yào qiǎng tā de bái mǎ　　táng sēng méi yǒu bàn fǎ　　zhǐ hǎo shuō　　wǒ de tú dì
要抢他的白马。唐僧没有办法，只好说："我的徒弟

唐僧被强盗围困住了。

yǒu yín zi, suí hòu jiù
有银子,随后就

dào。"hěn kuài, wù
到。"很快,悟

kōng gǎn le guò lai,
空赶了过来,

dǎ sǐ le qiáng
打死了强

dào tóu zi, xià
盗头子,吓

de qí tā qiáng dào sì sàn táo
得其他强盗四散逃

pǎo。táng sēng jiàn wù kōng dǎ
跑。唐僧见悟空打

sǐ le rén, shēng qì de bǎ tā jiào xun yí dùn。
死了人,生气地把他教训一顿。

悟空在向观世音菩萨哭诉。

sì rén jì xù gǎn lù, zhōng yú kàn jiàn yí zuò zhuāng yuàn。tā men xiàng
四人继续赶路,终于看见一座庄院。他们向

zhǔ rén jiè sù, yí duì lǎo fū fù zhāo dài le tā men。bàn yè, lǎo gōng gong de
主人借宿,一对老夫妇招待了他们。半夜,老公公的

ér zi dài zhe yì huǒ qiáng dào huí lai le, tā men zhèng shì qiǎng jié táng sēng
儿子带着一伙强盗回来了,他们正是抢劫唐僧

de nà huǒ rén。kàn dào mén kǒu shuān zhe de bái mǎ, tā men zhī dào táng sēng
的那伙人。看到门口拴着的白马,他们知道唐僧

shī tú zhù zài zhè lǐ, yú shì mó dāo cā qiāng, yào wèi sǐ qù de tóng huǒ bào
师徒住在这里,于是磨刀擦枪,要为死去的同伙报

chóu。lǎo gōng gong kàn dào hòu, qiāo qiāo de jiào táng sēng shī tú cóng hòu mén
仇。老公公看到后,悄悄地叫唐僧师徒从后门

táo zǒu le。méi xiǎng dào qiáng dào men zhuī le shàng lai, wù kōng bǎ qiáng dào men
逃走了。没想到强盗们追了上来,悟空把强盗们

dǎ de sǐ de sǐ, shāng de shāng。táng sēng jiàn wù kōng shā le zhè me duō rén,
打得死的死,伤的伤。唐僧见悟空杀了这么多人,

jiù bǎ wù kōng gǎn zǒu le。wù kōng lái dào nán hǎi, xī wàng pú sà bāng máng
就把悟空赶走了。悟空来到南海,希望菩萨帮忙

qiú qíng。 pú sà
求情。菩萨

què shuō： nǐ de
却说："你的

shī fu mǎ shàng
师父马上

huì yǒu wēi xiǎn
会有危险，

nǐ xiān liú zài zhè
你先留在这

li ba
里吧。"

táng sēng gǎn zǒu
唐僧赶走

唐僧把悟空打他的事告诉给八戒和沙和尚。

wù kōng hòu　　qǐng bā jiè chū qù huà zhāi　dǎng le hěn jiǔ　tā bú jiàn bā jiè
悟空后，请八戒出去化斋。等了很久，他不见八戒

huí lai　zhǐ hǎo pài shā hé shang qù kàn kan　　táng sēng zhèng dú zì zuò zhe
回来，只好派沙和尚去看看。唐僧正独自坐着，

hū rán kàn dào wù kōng lái le　　wù kōng pěng zhe cí bēi guì zài lù páng　ràng
忽然看到悟空来了。悟空捧着瓷杯跪在路旁，让

shī fu hē shuǐ táng sēng shēng qì de shuō　jiù suàn kě sǐ　wǒ yě bù hē
师父喝水。唐僧生气地说："就算渴死，我也不喝

nǐ de shuǐ　　méi xiǎng dào wù kōng shà shí biàn le liǎn　shuāi diào cí bēi　lūn
你的水。"没想到悟空霎时变了脸，摔掉瓷杯，抢

bàng cháo táng sēng hěn hěn de dǎ le yí xià　táng sēng dùn shí hūn le guò qu
棒朝唐僧狠狠地打了一下。唐僧顿时昏了过去，

wù kōng mǎ shàng bēi qǐ bāo fu lí kāi le
悟空马上背起包袱离开了。

bā jiè hé shā hé shang huí lai hòu　kàn dào shī fu hūn dǎo zài dì
八戒和沙和尚回来后，看到师父昏倒在地，

lián máng jiù xǐng le tā　táng sēng xǐng lái hòu　jiǎng le shì qing de jīng guò
连忙救醒了他。唐僧醒来后，讲了事情的经过，

qì de bā jiè hé shā hé shang zhí mà wù kōng　shā hé shang jué dìng qù zhǎo wù
气得八戒和沙和尚直骂悟空，沙和尚决定去找悟

空要回包袱。他来到花果山，看到悟空正在念通关文牒，好奇地问："你念文牒干什么？"悟空说："我念熟了文牒，就去西天取经。我已经另选了有道的高僧。"说完，他请出一个唐僧、一个八戒和一个沙和尚。真沙和尚一看，勃然大怒，举杖打死了假沙和尚，原来是一只猴精。沙和尚准备找观音菩萨说理去。

他来到南海，看见悟空正站在菩萨身边，上前抡杖就打。菩萨询问原因，沙和尚就把事情的

沙和尚误会了悟空。

前因后果说了一遍。菩萨说："悟空在这儿待了四天，从未离开过，怎么会请另一个唐僧去取经呢？"于是，菩萨带着悟空、沙和尚一起去看个究竟。

三人来到花果山，果然看见还有一个悟空坐在石台上。悟空大怒，骂道："哪里来的妖精，竟敢变成我的模样行骗！"那个猴王也不说话，拿起金箍棒就打了过来。两人打得不分胜负，只好请菩萨来辨别真假。菩萨看了很久，却辨不出真假，就念起紧箍咒。可是，两个悟空都嚷着头疼。

真假两个猴王打起来了。

随后，二人又闹到南天门，惊得玉帝忙传进两个悟空。玉帝命托塔李天王取出照妖镜，可是镜中的

wù kōng sī háo wèi biàn   zuì hòu   tā men lái dào
悟空丝毫未变。最后，他们来到

rú lái fó zǔ miàn qián   rú lái fó zǔ zhǐ kàn
如来佛祖面前。如来佛祖只看

le yì yǎn   jiù xiào zhe shuō   jiǎ
了一眼，就笑着说："假

wù kōng shì liù ěr mí hóu   jiǎ
悟空是六耳猕猴。"假

wù kōng jiàn rú lái fó zǔ shí pò tā
悟空见如来佛祖识破他

de zhēn xiàng   jí máng biàn chéng
的真相，急忙变成

mì fēng xiǎng táo pǎo   rú lái fó
蜜蜂想逃跑。如来佛

zǔ pāo chū jīn bō bǎ tā zhào zhù
祖抛出金钵把他罩住

le   zhǐ jiàn jīn bō li guǒ rán yǒu
了，只见金钵里果然有

如来佛祖让假悟空现出原形，原来是一只六耳猕猴。

zhǐ liù ěr mí hóu   wù kōng rěn bú zhù yí bàng dǎ sǐ le tā
只六耳猕猴。悟空忍不住一棒打死了他。

guān yīn pú sà dài zhe wù kōng huí dào táng sēng shēn biān   shuō   dāng
观音菩萨带着悟空回到唐僧身边，说："当

shí dǎ nǐ de shì jiǎ wù kōng běn shì yì zhī liù ěr mí hóu   nǐ jiù bié zé
时打你的是假悟空，本是一只六耳猕猴。你就别责

guài wù kōng le   táng sēng máng guì xià kòu tóu   lián shēng dā ying   zhè shí
怪悟空了！"唐僧忙跪下叩头，连声答应。这时，

hū jiàn dōng fāng kuáng fēng gǔn gǔn   zhǐ jiàn zhū bā jiè bēi zhe bāo fu huí lái
忽见东方狂风滚滚，只见猪八戒背着包袱回来

le   yuán lái tā gāng qù le huā guǒ shān   dǎ sǐ le jiǎ táng sēng hé jiǎ bā
了。原来他刚去了花果山，打死了假唐僧和假八

jiè   zhǎo dào le bāo fu   shī tú sì rén xiè guò guān yīn pú sà   yòu tà shàng
戒，找到了包袱。师徒四人谢过观音菩萨，又踏上

xī xíng zhī lù
西行之路。

第二十七章 ┃ 火焰山三借芭蕉扇

转眼到了秋霜时分，师徒四人正往前走，却觉得越往前走越热。悟空找到当地人询问，才得知前方六十里外有座火焰山。火焰蔓延八百里，要想过山，只有找到一位铁扇仙借到芭蕉扇才行，否则就算铜脑铁身也会熔化成汁。于是悟空急忙赶往铁扇仙居住的翠云山。

半路上，悟空碰到一位樵夫，打听得知，原来

唐僧师徒热得大汗淋漓。

铁扇公主将悟空扇跑了。

铁扇仙就是牛魔王的妻子、红孩儿的母亲——铁扇公主。悟空大惊失色，心想："糟了！上回找红孩儿的叔叔借些水都不肯，这次要找他的母亲借扇子，恐怕更难！"然而别无他法，悟空只好硬着头皮来到芭蕉洞。

果然，铁扇公主一听是孙悟空来借扇，马上拿着宝剑冲了出来，想杀他解恨。两人打了几个回合，铁扇公主自知打不过悟空，就取出芭蕉扇扇了一下，把悟空扇得无影无踪了。悟空飘飘荡荡地晃了一夜，才落在一座高山上。原来他被扇到了小须弥山。悟空心想："这芭蕉扇太厉害了！我还是先问问山里的灵吉菩萨，请教一下对策吧。"灵吉菩萨知道详情后，送给悟空一粒"定风丹"，说有了它，铁扇公主就扇不动他了。

悟空又来到芭蕉洞。铁扇公主听说他又来了，气得咬牙切齿，心想："这次我要多扇三扇，让他连回来的路都找不

悟空用假芭蕉扇扇火焰山，结果火越烧越大。

到！"她取出芭蕉扇，用力地扇了好几下，可悟空却丝毫不动。铁扇公主慌了，吓得转身回到洞里。悟空变成小飞虫跟了进去，见铁扇公主正在喝茶，就飞到茶沫之下，随着茶水流到铁扇公主的肚子里。悟空现出原形，在她腹中乱蹬乱跳，大喊："快把扇子借给我用！"铁扇公主疼得满地打滚儿，连忙说："我借，孙叔叔快饶命吧！"她马上交出了芭蕉扇。

不料这扇子是假的。悟空来到火焰山后，用

力地扇了起来，火势却越扇越旺，足有千尺高。

这时，火焰山的土地神走过来，说："想借到真扇子，得去找牛魔王才行。他现住在积雪山摩云洞。"悟空火速找到了牛魔王，谁知牛魔王也记仇呢。他撇开悟空，跨上辟水金睛兽走了。悟空尾随着牛魔王，趁他不注意，偷走金睛兽，又变成牛魔王的样子，来到芭蕉洞。铁扇公主设宴款待假牛魔王，趁着酒酣耳热，悟空骗到了真的芭蕉扇，并学会了将扇子变大的口诀，然后偷偷溜走了。

牛魔王发现金睛兽不见了，料定是悟空偷的，便立即赶到芭蕉洞，寻找悟空。铁扇公主气得捶胸顿足，说：

悟空变化的牛魔王骗
到了芭蕉扇。

"孙悟空骗了我，他装成你的样子骗走了芭蕉扇！"牛魔王听后，立刻去追赶悟空。他见悟空扛着扇子在前面走着，就变成八戒的模样，上前想帮他扛扇子。悟空正在兴头儿上，没注意那么多，把扇子交给了假八戒。牛魔王拿到扇子，马上现出原身。悟空后悔不已，赶紧上前去抢。

两人正打得不可开交，八戒赶过来了。牛魔王自知不是两人的对手，就变成香獐，想溜之大吉。悟空马上变成饿虎，要来咬香獐。牛魔王又变成黑熊，扑了过来。悟空随即变成大象，抬脚就踩。牛魔王现出原形，就见一头大白牛朝悟空冲了过来。悟空毫不畏惧，冲上去迎战。两人

牛魔王变化成八戒骗取芭蕉扇。

悟空终于用芭蕉扇断绝了火焰山的火根。

de dǎ dòu shēng yǐn lái le tuō tǎ lǐ tiān wáng né zhā sān tài zǐ hé tiān bīng tiān
的打斗声引来了托塔李天王、哪吒三太子和天兵天

jiàng tiān bīng tiān jiàng xiān bǎ niú mó wáng wéi kùn qǐ lai jiē zhe né zhā yòu jiāng
将。天兵天将先把牛魔王围困起来,接着,哪吒又将

huǒ lún guà zài niú jiǎo shang yòng zhēn huǒ bǎ niú mó wáng shāo de jiào kǔ bù dié
火轮挂在牛角上,用真火把牛魔王烧得叫苦不迭。

zuì hòu tuō tǎ lǐ tiān wáng yòng zhào yāo jìng zhào de niú mó wáng wú jì táo shēng
最后,托塔李天王用照妖镜照得牛魔王无计逃生,

niú mó wáng zhǐ hǎo jiāo chū bā jiāo shàn
牛魔王只好交出芭蕉扇。

wù kōng ná dào bā jiāo shàn àn tiě shàn gōng zhǔ suǒ shuō de shān le
悟空拿到芭蕉扇,按铁扇公主所说的,扇了

zú zú sì shí jiǔ shàn chè dǐ duàn jué le huǒ yàn shān de huǒ gēn zhè cái gǎn
足足四十九扇,彻底断绝了火焰山的火根,这才感

dào qīng liáng wú bǐ liáng fēng xí xí hěn kuài shī tú sì rén yòu shàng lù le
到清凉无比,凉风习习。很快,师徒四人又上路了。

第二十八章 | 金光寺除恶寻佛宝

这一天，师徒四人来到祭赛国，只见城里车水马龙，壮丽繁华。正走着，迎面来了十几个和尚，他们披枷戴锁，正在沿路乞讨。唐僧很同情他们，就叫悟空上前询问。

原来他们都是金光寺的和尚。以前，金光寺的宝塔上有个舍利子佛宝，夜放霞光。周围的国家将它视为吉祥之兆，每年都来进贡。不料三年前的一天夜里，突然下了一场血雨，宝塔上的宝贝从此不见了，周边的国家也不再朝贡。

悟空向和尚问话，和尚说出了自己的遭遇。

影响孩子一生的中国十大名著

悟空捉到了两个妖精，询问宝贝的去处。

西游记

huáng dì rèn wéi shì zhè li de hé shang tōu le bǎo bèi　　jiù zhuō zhù tā men
皇帝认为是这里的和尚偷了宝贝，就捉住他们，

yán xíng kǎo dǎ
严刑拷打。

　　táng sēng tīng dào hòu gǎn tàn bù yǐ　jué dìng wǎn shang qù sǎo dā　　xī
　　唐僧听到后感叹不已，决定晚上去扫搭，希

wàng fó zǔ néng xiǎn líng　ràng zhēn xiàng dà bái tiān xià　táng sēng yóu dǐ céng sǎo
望佛祖能显灵，让真相大白天下。唐僧由底层扫

qǐ　sǎo dào dì shí céng hòu　gǎn dào yāo suān bèi téng　wù kōng jiù jì xù sǎo
起，扫到第十层后，感到腰酸背疼，悟空就继续扫

shèng xià de sān céng　　pá dào dì shí èr céng shí　wù kōng hū rán tīng dào tǎ
剩下的三层。爬到第十二层时，悟空忽然听到塔

dǐng shang yǒu rén shuō huà　tā qiāo qiāo de zǒu shàng qu yí kàn　fā xiàn liǎng gè
顶上有人说话。他悄悄地走上去一看，发现两个

yāo jīng zhèng zài hē jiǔ cāi quán ne
妖精正在喝酒猜拳呢。

　　wù kōng tāo chū jīn gū bàng　hè dào　　hǎo wa　　yuán lái shì nǐ men
　　悟空掏出金箍棒，喝道："好哇！原来是你们

偷了宝贝！"说
完就将两个妖
精捉住了。两
个妖精吓得战
战兢兢，慌忙
从实招来。原
来乱石山碧波潭
里住着万圣龙

国王审问两个妖精。

王、万圣公主和九头驸马。三年前，龙王和驸马
来到祭赛国下了一场血雨，偷走塔上的舍利子佛
宝。接着，公主又偷了王母娘娘的九叶灵芝草，
将佛宝养在潭底下。不久前，龙王听说悟空他们
要路过此地，便派两个手下来巡塔。

唐僧师徒知道真相后，向国王禀告了实情。
国王亲自审问这两个妖精，还请求唐僧他们帮
忙追回宝物。悟空和八戒押着两个妖精来到碧波潭，
向龙王和九头驸马挑战。九头驸马拿着月牙铲率先

迎战。只见他长着九个头颅十八只眼，从四面八方放出骇人的光芒。悟空冲上前去，把金箍棒舞得像满天流星。两人打了三十多个回合，不分胜负。这时，九头驸马现出原形，原来是一只九头怪。九头怪展翅高飞，突然从半腰处伸出一个头来，张开血盆大口，把八戒叼回到碧波潭里。

悟空变成一只螃蟹，跟进龙宫。找到八戒被绑的地方后，悟空用钳子夹断了绳索，说："八戒，快走！"八戒说："猴哥，你先回到岸边，我打进宫殿，咱们来个里应外合，端掉他们的老窝！"悟空连声答应。八戒拿起钉耙，闯进殿内，将龙王和九

悟空与九头怪正在激战中。

头驸马打个措手不及。龙王跳出水面，往岸上逃跑，却被悟空逮个正着。旁边的龙子龙孙见了，慌得赶紧转头回宫。悟空与八戒正要乘胜追击，这时忽见前方狂风滚滚，原来是二郎神与梅山二兄弟打猎归来了。悟空赶紧将万圣龙王偷宝的事告诉给二郎神，说："这次你一定要帮助俺老孙。"二郎神爽快地答应了。

八戒先将九头驸马引出水面。九头驸马刚变成九头怪的样子，

悟空请二郎神帮忙降妖。

二郎神就取出金弓，

安上银弹，

向他射击。

九头怪从半

腰里伸出一

个头，张开血

盆大口想咬

二郎神，却被

152 金光寺除恶寻佛宝

冲出的哮天

犬将头咬了

下来。九头

怪只好灰溜

溜地往北海

逃生去了。

悟空变

悟空在公主那里骗到了宝贝。

成九头驸马的样子，来到龙宫，对公主说："不好了，猪八戒他们追来了，你快把宝贝交给我吧！"

公主连忙取出放着佛宝和九叶灵芝的两个盒子。

悟空拿到宝贝后，现出本相，说："你看我是谁？"

公主一看大惊失色，但自知打不过悟空，只好乖乖地投降了。

悟空与八戒谢过二郎神，拿着宝贝，回到了祭赛国。一切真相大白，金光寺的和尚们洗清了冤屈。国王安放好舍利子佛宝，金光寺顿时焕然一新，霞光万丈，举国上下一片欢腾。

师徒离开祭赛国，继续向西行走。翻过一道山岭，忽见前方有座寺院，还传来钟磬之声。很快，师徒四人走到寺院前。唐僧见山门前写着"雷音寺"三个大字，倒地就拜。悟空却说："师父，这不是雷音寺。"唐僧细看过去，见上面写着"小雷音寺"，就说："即便是小雷音寺，里面也一定有佛祖，我们进去拜佛吧。"说完带着徒弟们进去了。他们来到如来大殿，看见宝台上端坐着如来佛祖，两边排列着五百罗汉、八尊菩萨等众神。

唐僧看到小雷音寺后倒地就拜。

悟空见到假如来，举棒就打。

唐僧连忙跪在地上，拜见佛祖。

悟空认出他们是假的，便大声喝道："哪里来的妖孽，竟敢冒充佛祖！"说着举棒就打。只听叮当一声响，就见空中抛下一副金铙，把悟空连头带脚地扣在里面。那些假罗汉、假菩萨一拥而上，把师徒三人用绳子捆个结实。原来，莲花宝座上的佛祖是个妖王，众神则是些小妖。悟空被捉在金铙里，用尽办法也出不来。他念动咒语，叫来五方揭谛等神仙，可是忙了半天，谁都打不开金铙。揭谛只好去禀报玉帝，玉帝派来星宿，但是仍然打不开金铙。后来亢金龙把龙角尖变成针尖般大小，伸到金铙的合缝处，让悟空在角尖上钻个洞。悟空变成菜籽般大小，钻到洞里，随后亢金龙不

悟空一棒把金铙打得粉碎。

zhī yòu fèi le duō shǎo lì qi　cái bǎ jiǎo jiān bá le chū lai
知又费了多少力气，才把角尖拔了出来。

wù kōng zuān chū lái hòu　yí bàng bǎ jīn náo dǎ de fěn suì　zhè yì
悟空钻出来后，一棒把金铙打得粉碎。这一

shēng hǎo sì shān bēng　jīng de yāo wáng máng chū lái chá kàn　wù kōng jiàn dào
声好似山崩，惊得妖王忙出来查看。悟空见到

yāo wáng　hè wèn dào　nǐ shì shén me yāo guài　jìng gǎn xū shè xiǎo léi yīn
妖王，喝问道："你是什么妖怪，竟敢虚设小雷音

sì　　yāo wáng shuō　wǒ shì huáng méi lǎo fó　rén chēng　huáng méi dà wáng
寺？"妖王说："我是黄眉老佛，人称'黄眉大王'。

zǎo tīng shuō nǐ yǒu xiē gōng fu　xiǎng jiè cǐ yǔ nǐ bǐ shi bǐ shi　shuō zhe èr
早听说你有些功夫，想借此与你比试比试。"说着二

rén gè ná bīng qì　yì lián dǎ le wǔ shí huí hé　què bù fēn shèng bài　shén xiān
人各拿兵器，一连打了五十回合，却不分胜败。神仙

men xiǎng shàng qián zhù zhàn　huáng méi lǎo fó cóng yāo jiān jiě xià gè bái bù kǒu
们想上前助战，黄眉老佛从腰间解下个白布口

dai　wǎng shàng yì pāo　bǎ zhòng rén quán bù xī le jìn qù　huí dào dòng nèi　tā
袋，往上一抛，把众人全部吸了进去。回到洞内，他

ràng xiǎo yāo bǎ tā men quán dōu bǎng le qǐ lai
让小妖把他们全都绑了起来。

半夜，悟空使出隐身法，从绳子里脱身而出，救出了众人。没走多远，妖王发现他们不见了，连忙追了过来，随后又解下了口袋。悟空见势不好，一纵身跳上云端，躲了过去。其他人又被妖王捉回去了。

悟空不知这妖王用的什么口袋，想到北方真武大帝号称荡魔天尊，就去找他帮忙。真武大帝派出龟蛇二将和五大神龙前来降妖。可是斗了半个时辰之后，龟蛇二将和五大神龙也被装进口袋里。悟空再也想不出办法了，正在发愁时，看到西南方飘来一朵彩云，原来是弥勒笑佛来了。弥勒告诉悟空，这妖王本是他的童子，

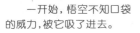

一开始，悟空不知口袋的威力，被它吸了进去。

偷走他的宝物来到凡界。弥勒用手指在悟空的

手里写了个"禁"字，然后把山坡变成瓜地，自己

则变成种瓜的老汉。弥勒让悟空把妖王引到这

里，然后再让悟空变成一个大熟瓜。

悟空又来到山门前挑战，高声叫道："妖魔，你

的孙爷爷来了！"妖王听到后，又拿着宝贝出了洞。悟

空将手掌向他一晃，妖王立即着了禁。只见他不

思退步，一个劲儿地跟着悟空走。悟空把妖王引到

瓜地后，趁他不备就变成个大熟瓜。妖王找不到

悟空，气得哇哇大叫，不一会儿，吼得口干舌燥，

就让老汉摘个熟瓜来

解渴。老汉摘下悟

空变成的大西

瓜，递给了妖

王。妖王

接过西瓜，张

嘴就啃，悟空

弥勒佛用计收服弟子。

悟空放出一把火，把小雷音寺烧成灰烬。

chèn jī yì gǔ lu gǔn jìn tā de dù zi li　　yí huìr　　fān gēn tou　　yí huìr
趁机一骨碌滚进他的肚子里，一会儿翻跟头，一会儿

shù qīng tíng　　bǎ yāo wáng téng de zhí jiào　　ráo mìng　　mí lè huī fù yuán xíng hòu
竖蜻蜓，把妖王疼得直叫"饶命"。弥勒恢复原形后，

xiào xī xī de wèn tā　　niè xù　　nǐ rèn shi wǒ ma　　yāo wáng jiàn le　　huāng
笑嘻嘻地问他："孽畜，你认识我吗？"妖王见了，慌

máng guì zài dì shang　　lián lián gào ráo　　mí lè shàng qián jiě xià tā de kǒu
忙跪在地上，连连告饶。弥勒上前解下他的口

dai　　bǎ wù kōng jiào le chū lai　　rán hòu biàn jiāng dì zǐ shōu zài kǒu dài li　　yòu
袋，把悟空叫了出来，然后便将弟子收在口袋里，又

huí dào le xī fāng jí lè shì jiè
回到了西方极乐世界。

　　wù kōng gǎn huí shān mén　　bǎ shèng xià de xiǎo yāo tǒng tǒng dǎ sǐ　　jiù chū
　　悟空赶回山门，把剩下的小妖统统打死，救出

le zhòng rén　　lín xíng qián　　wù kōng fàng le yì bǎ huǒ　　bǎ xiǎo léi yīn sì chè
了众人。临行前，悟空放了一把火，把小雷音寺彻

dǐ shāo chéng huī jìn　　shī tú sì rén zhè cái wú qiān wú guà de xiàng xī ér xíng
底烧成灰烬，师徒四人这才无牵无挂地向西而行。

第三十章 孙悟空计盗紫金铃

这一日，师徒来到朱紫国。唐僧要进皇宫倒换关文，留下悟空三人在会馆等待。不久，三人准备做斋饭，因素菜不够，悟空就与八戒

悟空为国王诊脉。

上街去买。来到街上，二人看到许多人在围着看榜文，才知道国王正出榜寻医，悟空揭下了榜文。

不想国王见到悟空的毛脸后，吓得跌倒在地。

悟空只好在屏障外拔下三根毫毛，变成三根丝线，让侍从将它们系在国王手腕的穴位上。很快，悟空说："国王的病是因惊恐忧思而得。"国王欣喜地说："果真是神医，还请赐药。"当他服下悟空配的药后，很快就神清气爽，便设宴感谢唐僧师徒。

席间，悟空问出国王的心病。原来，三年前，

国王与王后在御花园饮酒赏花时，忽然半空闪出一个妖精，自称是麒麟洞的赛太岁，用狂风卷走了王后。国王受到惊吓，加上思念夫人，自此一病就是三年。悟空来到麒麟洞，变成飞虫找到王后，悄悄地说："我是你国差来的神僧长老，特来降妖除怪，不知此妖有何宝物？"王后先是一惊，很快镇定下来，说："他有三个金铃，摇第一个，有三百丈火光烧人；摇第二个，有三百丈青烟熏人；摇第三个，有三百丈黄沙迷人。"很快，悟空与王后商量好计策，悟空变成

妖怪掳走了王后。

王后的贴身侍女，准备伺机盗走宝贝。

王后设下宴席，把赛太岁请来一同喝酒。席间，王后笑颜如花，频频敬酒，把赛太岁哄得乐昏了头。

王后趁机说想看看宝贝。赛太岁不知是计，就把宝贝拿了出来。王后看完后，将它随手递给侍女，让她把宝贝放在梳妆台上。就这样，悟空拿到了宝贝，还用毫毛变成假铃，依然放在原处。

悟空来到洞外叫战。赛太岁出洞后，从怀里拿出了金铃。悟空也从怀里拿出了金铃。赛太岁见两副金铃长得一模一样，不由得大吃一惊，急忙摇动自己的金铃。他摇

王后骗出了赛太岁的宝贝。

第一个金铃，不见火出；

摇第二个，不见烟出；摇第三个，不见沙出，顿时慌了神。悟空说：

"看老孙来摇。"

影响孩子一生的中国十大名著

妖怪原来是观音菩萨的金毛犬。

shuō zhe jiù zhuā zhù sān gè jīn líng yì qǐ yáo dòng　　zhǐ jiàn hóng huǒ　　qīng yān
说着就抓住三个金铃一起摇动，只见红火、青烟、

huáng shā yì qí yǒng chū　　sài tài suì yǎn kàn jiù yào dāng chǎng sàng mìng le　　zhè
黄沙一齐涌出。赛太岁眼看就要当场丧命了，这

shí　　guān yīn pú sà gǎn le guò lai　　yòng jìng píng li de gān lù jiāo miè le huǒ
时，观音菩萨赶了过来，用净瓶里的甘露浇灭了火

yàn　　shuō dào　　　　tā shì wǒ shēn biān de jīn máo quǎn　　chèn mù tóng bú bèi xià fán
焰，说道："他是我身边的金毛犬，趁牧童不备下凡

chéng le jīng　　hái qǐng dà shèng ráo guò tā ba　　wù kōng zhè cái zuò bà　　pú
成了精，还请大圣饶过他吧。"悟空这才作罢。菩

sà bǎ jīn líng tào zài jīn máo quǎn de bó zi shang　　yì tóng huí dào nán hǎi
萨把金铃套在金毛犬的脖子上，一同回到南海。

wù kōng jiù chū le wáng hòu　　bǎ tā sòng huí zhū zǐ guó　　guó wáng hé
悟空救出了王后，把她送回朱紫国。国王和

wáng hòu duì táng sēng shī tú qiān ēn wàn xiè　　yì zhí bǎ tā men sòng chū chéng
王后对唐僧师徒千恩万谢，一直把他们送出城

wài　　cái sǎ lèi ér huí
外，才洒泪而回。

这天，师徒四人来到一片树林。唐僧见道路平坦，就想自己去化斋。三个徒弟坚持不过，只好让师父独自前行。

唐僧来到一间茅屋前，看见七个女子在玩耍，犹豫半天才上前说："女施主，贫僧想化些斋饭。"那些女子听了，笑容满面地把他请进茅屋。唐僧进了屋，只觉得阴气沉沉，感到不妙。女子们问他来自何处，唐僧告诉了她们。不一会儿，可怜的唐僧就被她们捆绑起来，吊在房梁上。那些

唐僧向一群女子化斋饭，可女子们都不怀好意。

女子又从肚脐中吐出长长的丝线，把茅屋封个严严实实。

悟空不见师父回来，跳上云朵往

悟空被蜘蛛精难倒了。

前一看，发现前面的茅屋放出白光。他心说不好，连忙飞奔过去。悟空见茅屋外面有千百层黏乎乎的丝绳，不敢贸然进去，就叫出土地神来询问。土地神说："这座盘丝岭上有一个盘丝洞，洞里住着七个蜘蛛精，现在她们都去附近的濯垢泉洗澡了。"

悟空马上变成一只苍蝇，找到这些蜘蛛精。他飞到蜘蛛精中间，听见有人说："等我们洗完了澡，就蒸胖和尚吃吧！"悟空心想："好男不跟女斗，打死她们实在有辱自己的名声！"于是他回去对八

戒说："蜘蛛精
们在濯垢泉，
快去打吧！"
八戒兴冲冲
地来到泉水
边，大喊着：
"还我师父！"
拿起钉耙就要打

悟空三人面临小妖们的挑战。

蜘蛛精。谁知这些蜘蛛精从肚脐中吐出一束束丝绳，搭了个大丝篷，罩住了八戒。蜘蛛精们逃回洞里，叫出她们收养的干儿子，让他们一起去对付八戒。

八戒挣脱丝篷后，找到了悟空和沙和尚。三人来到茅屋前，只见七个小妖挡住去路。小妖们说了声"变"，就变成上万只蜜蜂、蜻蜓、马蜂等七种虫子，铺天盖地蛰了过来。悟空拔下一把毫毛，嚼碎后一喷，变成无数只黄鹰、麻鹰和雕鹰等七种鹰，眨眼间把小虫子吃个精光。悟空从

máo wū li jiù chū shī fu sì rén jì xù shàng lù
茅屋里救出师父，四人继续上路。

méi duō jiǔ shī tú kàn jiàn qián fāng yǒu yí zuò huáng huā guàn jué dìng
没多久，师徒看见前方有一座黄花观，决定

jìn qù xiū xi yí xià yí wèi dào shi bǎ tā men yíng jìn kè tīng hòu zhuǎn shēn
进去休息一下。一位道士把他们迎进客厅后，转身

lái dào hòu wū zhǐ jiàn tā qǔ chū yì bāo dú yào jiāng dú yào zhuāng jìn jǐ
来到后屋。只见他取出一包毒药，将毒药装进几

lì hóng zǎo li yòu bǎ hóng zǎo pào zài chá shuǐ li zhǔn bèi duān chū qù gěi táng
粒红枣里，又把红枣泡在茶水里，准备端出去给唐

sēng tā men hē tā gěi zì jǐ zé zhǔn bèi le yì bēi fàng zhe jǐ lì hēi zǎo de
僧他们喝，他给自己则准备了一杯放着几粒黑枣的

chá shuǐ yuán lái qī gè zhī zhū jīng shì tā de shī mèi tā men gāng pǎo dào
茶水。原来七个蜘蛛精是他的师妹，她们刚跑到

zhè lǐ xiàng shī xiōng gào le zhuàng shuō táng sēng shī tú qī fu rén dào shi xiǎng
这里向师兄告了状，说唐僧师徒欺负人。道士想

tì tā men bào chóu jiù zài chá shuǐ li xià le dú
替她们报仇，就在茶水里下了毒。

dào shi bǎ chá shuǐ duān le chū lai wù kōng jiàn zì jǐ bēi li de shì
道士把茶水端了出来，悟空见自己杯里的是

hóng zǎo dào shi
红枣，道士

bēi li de shì hēi
杯里的是黑

zǎo xīn shēng yí
枣，心生疑

lǜ jiù yào yǔ
虑，就要与

dào shi huàn chá bēi
道士换茶杯。

蜘蛛精向道士告状，
说唐僧师徒欺负她们。

盘丝洞对战蜘蛛精 **167**

不料此时唐
僧他们已经
喝下茶水,
霎时口吐白
沫,晕倒在
地。悟空又惊

道士想为七个师妹复仇,悟空还以颜色。

又怒,举起金箍棒就

打向道士。这时,七个蜘蛛精一涌而上,纷纷从肚脐

中吐出丝绳来,搭起天篷想困住悟空。悟空变

出七十个小行者。他们每人手中都拿着双角叉,

一起用力拧叉。很快,每个叉子都缠上一大团丝

绳。蜘蛛精吐尽了丝,只好现出原形,悟空上前把

她们一个个打死了。

道士见师妹们惨死,又杀了过来。几个回合后,

道士斗不过悟空,便脱下道袍,露出腹部上的一

千只眼睛,这些眼睛每只都放着金光。悟空被晃

得头痛无比,只好落败而逃。半路上,悟空碰到

yí gè fù rén　　tā tīng wán wù kōng de qīng sù　shuō　　yào xiáng fú nà gè
一个妇人，她听完悟空的倾诉，说："要降服那个

dào shi　　zhǐ yǒu qù zhǎo zǐ yún shān qiān huā dòng de　pí lán pó cái xíng
道士，只有去找紫云山千花洞的毗蓝婆才行。"

wù kōng zhǎo dào pí lán pó hòu　cái zhī dào tā shì mǎo rì xīng guān de mǔ qīn
悟空找到毗蓝婆后，才知道她是昴日星官的母亲，

yě shì wèi jī xiān
也是位鸡仙。

pí lán pó jiàn huáng huā guàn fàng zhe jīn guāng　　jiù ná chū yì gēn xiù huā
毗蓝婆见黄花观放着金光，就拿出一根绣花

zhēn　wǎng huáng huā guàn de fāng xiàng pāo qù　　jīn guāng dùn shí xiāo shī le　　wù
针，往黄花观的方向抛去，金光顿时消失了。悟

kōng suí zhe pí lán pó jìn rù guàn li　fā xiàn dào shi yǐ jīng bì le yǎn　bù néng dòng
空随着毗蓝婆进入观里，发现道士已经闭了眼，不能动

tan le　　pí lán pó yòng shǒu yì zhǐ　　dào shi jiù xiàn le yuán xíng　yuán lái shì yì
弹了。毗蓝婆用手一指，道士就现了原形，原来是一

tiáo qī chǐ cháng de dà wú gōng jīng　　jiē zhe　　pí lán pó qǔ chū sān lì jiě
条七尺长的大蜈蚣精。接着，毗蓝婆取出三粒解

dú dān　ràng wù kōng gěi
毒丹，让悟空给

táng sēng sān rén wèi xià
唐僧三人喂下。

bù yí huìr　　sān rén
不一会儿，三人

yì qí ǒu tù　xǐng zhuǎn
一齐呕吐，醒转

guò lai　　shī tú sì rén
过来。师徒四人

yì qǐ xiè guò pí lán
一起谢过毗蓝

pó　yòu tà shàng le xī
婆，又踏上了西

xíng de dào lù
行的道路。

毗蓝婆让道士现出原形，
原来是只大蜈蚣精。

第三十二章　狮驼洞大战三魔头

师徒四人继续赶路，走了不久，就见一座高耸入云的大山挡住去路。山坡上站着一个白胡子老头，他告诉唐僧师徒说："这里是八百里狮驼岭，中间有座狮驼洞，洞里有三个妖精，手下有四万八千个小妖。"悟空听说后，一个筋斗翻到最高处，看到有个小妖扛着令旗，正在山里巡逻呢。悟空赶了过去，举起金箍棒要打小妖，吓得小妖直求饶。

悟空向他了解情况，小妖忙说："山洞里有三个魔王，一直想吃唐僧肉。他们神通广大，大魔王一口

悟空捉到小妖，了解妖怪的详情。

能吞下十万天兵，二魔王一鼻子能把人打成粉末，三魔王行动时惊天动地。他们还有一个宝贝，叫'阴阳二气瓶'。如果

大魔王知道孙悟空的本事，不敢轻敌。

人被装进去，很快就会化成浆水。"

听完小妖的话，悟空一棒子打死了他，变成他的模样钻进了山洞。三个魔王早知唐僧要路过这里，也知道悟空的本事，就派小妖巡山，发誓要抓住唐僧，好吃他的肉。没多久，大魔王看到一只苍蝇，忙说："不好了，孙悟空来了。"大家吓得纷纷去打苍蝇。悟空看到后，忍不住笑了起来，不小心露出本来的面目。三魔王看见了，说："他才是孙悟空！"于是他们一起捉住了悟空，把他装进阴阳二气瓶里。

wù kōng bá xià
悟空拔下
yì gēn háo máo biàn
一根毫毛，变
chéng yí gè jīn
成一个金
gāng zuàn zhuǎn yǎn
刚钻，转眼
jiù zài píng dǐ zuān
就在瓶底钻
le gè xiǎo kǒng rán
了个小孔，然
hòu tā biàn chéng xiǎo fēi chóng
后他变成小飞虫

大魔王怎么也
砍不死悟空。

fēi le chū qu   wù kōng lái dào dòng wài   xiàn chū běn xiàng   jiào dào   pō
飞了出去。悟空来到洞外，现出本相，叫道："泼

yāo guài   kuài huán wǒ shī fu   dà mó wáng jǔ zhe gāng dāo chōng le chū lai
妖怪，快还我师父！"大魔王举着钢刀冲了出来，

kě shì zěn me yě kǎn bù sǐ wù kōng   yú shì tā zhāng kāi xuè pén dà kǒu   bǎ
可是怎么也砍不死悟空，于是他张开血盆大口，把

wù kōng tūn dào dù zi li   shuí zhī wù kōng shì chī bù de de   zhǐ jiàn tā
悟空吞到肚子里。谁知悟空是吃不得的，只见他

zài dà mó wáng de dù zi li dǎ qiū qiān   shù qīng tíng   fān gēn tou   bǎ dà
在大魔王的肚子里打秋千，竖蜻蜓，翻跟头，把大

mó wáng zhé mó de téng tòng nán rěn   lián máng jiào dào   dà cí dà bēi qí tiān dà
魔王折磨得疼痛难忍，连忙叫道："大慈大悲齐天大

shèng pú sà   wù kōng shuō   shǎo fèi huà   jiào wǒ sūn wài gōng jiù xíng
圣菩萨！"悟空说："少废话，叫我孙外公就行。"

dà mó wáng shuō   wài gōng   wǒ bù gāi tūn nǐ   kuài ráo mìng ba   wǒ tái jiào
大魔王说："外公，我不该吞你，快饶命吧，我抬轿

sòng nǐ shī fu guò shān   wù kōng zhè cái fēi le chū lai
送你师父过山。"悟空这才飞了出来。

dà mó wáng huí dòng zhǔn bèi jiào zi   èr mó wáng què bù fú qì   dài
大魔王回洞准备轿子，二魔王却不服气，带

着三千小妖来找悟空搏斗。八戒连忙跑过来助

阵，可七八个回合后，他斗不过二魔王，被二魔王

一鼻子卷回洞里。回洞后，二魔王将八戒捆了起

来。悟空变成小飞虫跟了进去，很快帮八戒解

开绳索，二人一路杀出洞外。二魔王又率兵出

洞，用鼻子卷住了悟空。悟空把金箍棒变得又细

又长，使劲儿捅他的鼻孔。二魔王疼得连忙放下

悟空，只好认输了。

三个魔王抬着轿子，送唐僧过山。半路上，

三魔王突然现出本相，变成一只大鹏鸟，把悟空

抓回洞里。大魔王

悟空把金箍棒变得
又细又长，使劲儿捅二
魔王的鼻孔。

和二魔王见

状，便飞快地

把唐僧抬回

了山洞。

魔王们让

小妖烧火，准

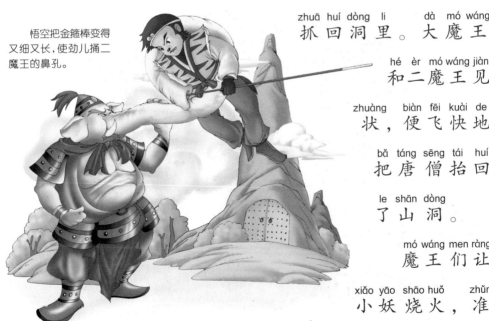

西游记

备清蒸唐僧师徒。悟空连忙变成小飞虫，飞了出去，然后请来北海龙王往锅底吹冷气。一个时辰后，悟空使出隐身法，把瞌睡虫放在烧火的小妖脸上，小妖很快睡着了。悟空救出师父和师弟后，四人匆忙上路了。可是没走多远，魔王们就发现了，又把唐僧、八戒和沙和尚捉了回去，却没有捉到悟空。于是魔王们让众妖放出传言，说唐僧被吃掉了，想让悟空赶紧离开。悟空听到这个消息后，忍不住痛哭起来，见不能取经了，就去找如来

悟空让北海龙王往锅底吹冷气。

佛祖取下金箍。如来佛祖听后，微笑着说："你的师父没有被魔王吃掉，我与你一同去降妖。"原来大魔王、二魔王是文殊菩萨、普贤菩萨的坐骑，三魔

如来佛祖收回大鹏金翅雕。

王则是如来佛祖的护法神兽。悟空跟随如来佛祖、文殊菩萨和普贤菩萨来到狮驼洞，悟空站在洞门上空，高声骂道："泼孽畜，快出来送死！"三个魔王见悟空又来了，各拿兵器出来迎战，却发现如来佛祖、文殊菩萨和普贤菩萨都站在云端里，只好纷纷现出原形，原来他们分别是一头青狮、一头白象和一只大鹏金翅雕。

悟空谢过佛祖后，进洞消灭了小妖们，救出唐僧和两个师弟。师徒四人很快又出发了。

第三十三章 比丘国善心救孩童

这一日，师徒四人来到一个繁华的国家，看到城墙下坐着一位老公公，便上前问路。老公公说："这里原来叫比丘国，现在改了名字叫小子城。"唐僧师徒听了，觉得这个国名很奇怪，可是老公公却不说改名的原因。

四人来到街市上，看到每户人家的门前都放着一个鹅笼，还用五彩绸缎罩着。悟空觉得奇

唐僧师徒看着鹅笼，觉得非常奇怪。

怪，就变成蜜蜂上前查看，发现每个鹅笼里装的都是小男孩。悟空恢复原形，回来告诉了师父。一会儿，师徒来到驿馆，唐僧向驿丞连

影响孩子一生的中国十大名著

连追问鹅笼的事，这才知道事情的真相。原来，三年前这里来了一个老道，把一个芳龄十六岁

悟空安慰师父，答应去救那些小孩。

的美女进献给了国王。国王非常喜欢她，就把老道士封为国丈，把美女封为美后，从此沉迷于女色，身体越来越差。

老道士向国王推荐了一道秘方，用一千一百一十一个小男孩的心肝作为药引子，煎汤服药后就能延寿千年。鹅笼里的小男孩就是被选去做药引子的。唐僧听到后，伤心地流下了眼泪。悟空安慰他说："师父，你别急，我会想办法救这些孩子的。"说完，他念动真言，叫来一群神仙，让他

们把孩子带到
城外的树林里
藏了起来。
第二天, 悟
空变成小虫,
落在唐僧的帽
子上, 随他进宫
倒换关文。国

国丈奚落唐僧,唐僧只有起身离去。

丈一上殿,悟空一眼认出他是个妖精。国丈听说
唐僧要去西天取经,就把他奚落一番,唐僧只好起身
离去。刚出门,悟空就飞到他的耳边说:"师父,国
丈是个妖精。你先回驿馆,我再回宫去看看。"
　　悟空又飞回宫中,听见下官正在报告说那些
小孩不见了。国王急坏了,国丈却笑着说:"陛下
别慌,我发现了更好的药引子,就是那个要去西
天取经的和尚。用他的心肝做药引子,陛下一定
能活一万年。"昏庸的国王立即命官兵去驿馆捉

影响孩子一生的中国十大名著

拿唐僧。悟空赶紧飞回驿馆，把刚才听到的都告诉给唐僧，然后与师父互换了模样。不一会儿，官兵们包围了驿馆，把假唐僧捉进宫里。

宫殿上，国王对假唐僧说："我要拿你的心肝做药引子。"假唐僧故意问："心倒有几个，你要什么颜色的？"国丈说："要你的黑心。"假唐僧用刀剖开胸膛，顿时滚出一大堆心来，有红心、白心、黄心……唯独没有黑心。国王吓得忙说："快收了吧！"

听说国王要用他的心做药引，唐僧吓得差点昏过去。

悟空现出原形，气愤地说："我们都是一片好心，只有国丈有黑心，我替你取来！"国丈认出了悟空，吓得转身想逃。悟空连忙

悟空与国丈对打起来。

追过去打，国丈拿着蟠龙拐杖相迎。两人打了
二十多回合，国丈打不过悟空，就化成一道寒光
来到后宫，带着美后一起逃跑了。悟空与八戒一路
追到清华洞，才找到这两个妖精。国丈见悟空他
们追来了，又化成寒光逃跑了。悟空和八戒紧追不
舍，正追着，突然听到仙鹤的鸣叫，抬头一看，原来是
南极仙翁来了。南极仙翁说："此怪是我的坐骑，
请大圣饶了他吧！"说完，将老妖现出本相，原
来是一只白鹿。八戒又赶到清华洞打死了美后，

原来是一只白面狐狸。于是，悟空、八戒与南极仙翁一起牵着白鹿，拖着狐狸，回到了宫中。悟空对国王说："看，这就是你的国丈和美后！"国王见了大惊失色，连忙感谢悟空他们捉住了妖精。南极仙翁临走前送给国王三颗大枣，国王吃下后，顿时觉得身轻病退。

国王与文武百官送唐僧师徒出城门时，忽听半空中一声风响，只见路两边落下一千一百一十一个鹅笼，里面的孩子都在啼哭。悟空叫他们的父母前来认领，亲人们终于团聚了，纷纷感激唐僧师徒。这时唐僧师徒才放心地踏上了去西天的道路。

孩子们都回来了，
唐僧很欣慰。

第三十四章 为救师勇闯无底洞

guāng yīn sì jiàn　zhuǎn yǎn yòu shì dōng qù chūn lái　zhè tiān　shī tú
光阴似箭，转眼又是冬去春来。这天，师徒

sì rén lái dào yí piàn hēi sōng lín　jué de fēi cháng jī kě　wù kōng jiù zòng yún
四人来到一片黑松林，觉得非常饥渴，悟空就纵云

qù qián fāng huà zhāi
去前方化斋。

táng sēng zuò zài lín zhōng niàn zhe jīng wén　hū tīng yǒu rén gāo hǎn　jiù
唐僧坐在林中念着经文，忽听有人高喊"救

mìng　tā lián máng qǐ shēn shàng qián chá kàn　fā xiàn qián fāng yǒu gè nǚ zǐ
命"。他连忙起身上前查看，发现前方有个女子

de shàng shēn bèi bǎng zài dà shù shang　xià shēn bèi mái jìn tǔ li　táng sēng méi
的上身被绑在大树上，下身被埋进土里。唐僧没

yǒu duō xiǎng　zhǔn bèi shàng qián qù jiù tā　zhè shí wù kōng hái méi zǒu yuǎn　zài
有多想，准备上前去救她。这时悟空还没走远，在

kōng zhōng shí pò le yāo
空中识破了妖

jīng　huí lái bǎ shī
精，回来把师

fu lán zhù le　sì
父拦住了。四

rén zǒu hòu　yāo
人走后，妖

唐僧心慈，准备上
前去救妖精。

精施法，连声向唐僧呼救，说："你放着活人不救，昧心拜佛，能取到什么经？"唐僧顿觉惭愧，便回

悟空知道妖精伤了人，决定去捉她。

去救下那个女子。这时天色已晚，唐僧决定带女子赶路。几人走了二三十里路，来到镇海禅林寺，就留下来借宿一晚。

第二天，唐僧伤风头疼，不能再赶路了，五个人又住了下来。过了三四天，悟空到后院打水，看到几个小和尚正哭哭啼啼，上前盘问才得知，这几天寺里莫名其妙地死了六个和尚，他们感到又难过又害怕。悟空一听，知道这一定是妖精干的坏事。

到了晚上，他吩咐师弟们保护好唐僧，自己则变成小和尚，坐在佛殿里敲着木鱼念经。二更时分，天空刮起一阵风，只见那个女子走了进来，让

wù kōng péi tā dào hòu
悟空陪她到后

yuán qù wán shuǎ　èr
园去玩耍。二

rén zǒu chū fó diàn　lái
人走出佛殿，来

dào hòu yuán　zhè shí
到后园。这时

wù kōng xiàn chū zhēn shēn
悟空现出真身，

lūn bàng jiù dǎ　yāo
抡棒就打。妖

jīng máng huī qǐ shuāng jiàn
精忙挥起双剑

妖精使计逃跑了。

yíng le shàng qu　dǎ le jǐ gè huí hé　yāo jīng zì liào nán dí　jiù tuō xià zuǒ
迎了上去。打了几个回合，妖精自料难敌，就脱下左

jiǎo de xiù huā xié　bǎ xiù huā xié biàn chéng tā de mú yàng　huī zhe shuāng jiàn
脚的绣花鞋，把绣花鞋变成她的模样，挥着双剑

lán zhù wù kōng　zhēn shēn zé huà chéng qīng fēng táo zǒu le　dāng tā lù guò táng
拦住悟空，真身则化成清风逃走了。当她路过唐

sēng de wò shì shí　chèn jī bǎ táng sēng yě juǎn zǒu le
僧的卧室时，趁机把唐僧也卷走了。

wù kōng zhuī shàng lai hòu　fā xiàn shī fu bú jiàn le　tā jiào chū tǔ dì shén
悟空追上来后，发现师父不见了，他叫出土地神，

cái zhī dào shì xiàn kōng shān wú dǐ dòng de yāo jīng juǎn zǒu le shī fu　wù kōng
才知道是陷空山无底洞的妖精卷走了师父。悟空

lái dào wú dǐ dòng wài　xiàng dǎ shuǐ de nǚ yāo xún wèn dé zhī　tā men fū rén
来到无底洞外，向打水的女妖询问得知，她们夫人

jīn wǎn yào yǔ táng sēng chéng qīn　wù kōng lián máng zòng shēn jìn le dòng　luò
今晚要与唐僧成亲。悟空连忙纵身进了洞，落

le hǎo jiǔ cái dào dòng dǐ　tā biàn chéng cāng ying zhǎo le yí huìr　fā
了好久才到洞底。他变成苍蝇找了一会儿，发

xiàn dì xià dào chù dōu shì dòng kū　bù zhī dào táng sēng dào dǐ bèi cáng zài nǎ
现地下到处都是洞窟，不知道唐僧到底被藏在哪

里。这时，忽听有个声音说："快安排酒席，我与唐僧喝完酒后就拜堂成亲。"悟空循声找去，很快就找到了师父。二人随即商量好计策。

唐僧给妖精斟酒时，按悟空的交代倒出个水花。悟空趁机飞进水花里，想让妖精喝进肚去。谁知妖精眼尖，看到飞虫就把它挑了出来。

悟空见此招不成，又悄悄地让唐僧引妖精去后花园吃桃。唐僧与妖精来到后花园，悟空先变成飞虫，在唐僧的脑袋上叮了一口，然后落在他眼前的树枝上，变成一个最红的大桃子。唐僧把这个桃子摘下来，送给妖精。妖精不知是计，欢喜地接过来，张口

妖精把悟空变成的飞虫从酒里挑了出来。

就咬。悟空趁机滚进她的肚子里，开始拳打脚踢，疼得妖精直求饶。悟空说："快放我师父出去，否则就要你的命！"妖精不敢怠慢，纵起云光，把唐僧驮出洞来。悟空这才从她的嘴里飞了出来。

看到妖精出来了，八戒和沙和尚上前就打。妖精吓得忙用右脚的绣花鞋变成替身，真身化成清风，卷起唐僧又回了洞。悟空紧追进去，看着众多的洞窟正在发愁，忽然发现有个洞窟里供着两个牌位，上写"尊父李天王之位"、"尊兄哪吒三太子之位"。悟空抱起两个牌位出了洞，对八戒和沙和尚说：

妖精变出替身，
真身则化风逃走了。

哪吒带着妖精出了洞。

"我要向玉帝告状，让李天王父子还我师父。"

悟空驾起祥云，去玉帝那儿告了状，这才得知此妖原来是金鼻白毛老鼠精，三百年前曾在灵山偷吃香花宝烛。如来差李天王父子捉住她，又吩咐饶了她。为了报恩，她就拜李天王为父、哪吒为兄。

李天王和哪吒接到圣旨后，很快就带着天兵赶来了。哪吒和悟空率天兵进洞捉妖，将洞里的三百里地都走遍了，最后才在一个黑角落里找到妖精。救出唐僧后，李天王父子俩捆着妖精回天庭复旨了。师徒四人收拾好行李，又继续向西赶路了。

不知不觉，夏天到了，师徒四人正在烈日下行走，忽见路旁的柳树下走出一位老婆婆。老婆婆对他们说："你们还是往回走吧，前方是灭法国，两年前，国王许愿要杀死一万个和尚，如今只差四个和尚就杀够了。你们往前走，就是去送命啊。"

唐僧听到后吓坏了。悟空说："师父别怕，让老孙前去打探打探。"说完，他变成一只飞蛾，飞进了城里。悟空来到一家旅店，现出真身，偷走四套客人的衣服。

悟空把衣服分给师父和师弟后，四人扮成平民百姓，假装卖

悟空让众人乔装入城。

mǎ jìn le chéng。lái dào kè diàn
马 进 了 城。来 到 客 店

hòu，shī tú pà shuì zháo hòu
后，师 徒 怕 睡 着 后

lòu chū guāng tóu，jiù jiè
露 出 光 头，就 借

kǒu shuō pà fēng pà guāng，
口 说 怕 风 怕 光，

xiàng diàn zhǔ jiè le gè
向 店 主 借 了 个

dà guì zi，sì rén yì qǐ
大 柜 子，四 人 一 起

强盗们把大柜子抬走了。

shuì le jìn qù，hái shuān hǎo le mén shuān。yǒu huǒ zéi wǎn shang lái kè diàn dǎ
睡 了 进 去，还 拴 好 了 门 闩。有 伙 贼 晚 上 来 客 店 打

jié，dǎ bù kāi zhè gè guì zi，yǐ wéi lǐ mian zhuāng mǎn le cái bǎo，tái qǐ
劫，打 不 开 这 个 柜 子，以 为 里 面 装 满 了 财 宝，抬 起

lai jiù pǎo chū le chéng。zǒng bīng kàn dào le，shuài shì bīng zhuī chū chéng qu，
来 就 跑 出 了 城。总 兵 看 到 了，率 士 兵 追 出 城 去，

zhuō zhù le zhè huǒ zéi。zǒng bīng kàn dào dà guì zi，yě yǐ wéi lǐ mian zhuāng mǎn
捉 住 了 这 伙 贼。总 兵 看 到 大 柜 子，也 以 为 里 面 装 满

le cái bǎo，yú shì tā fēn fù shì bīng kān shǒu，zhǔn bèi děng dào tiān míng hòu，lì
了 财 宝，于 是 他 吩 咐 士 兵 看 守，准 备 等 到 天 明 后，立

jí tái zhe guì zi xiàng guó wáng huì bào。
即 抬 着 柜 子 向 国 王 汇 报。

táng sēng tīng dào wài mian de dòng jing，kāi shǐ mán yuàn wù kōng，shuō：nǐ
唐 僧 听 到 外 面 的 动 静，开 始 埋 怨 悟 空，说："你

bǎ wǒ men dōu hài sǐ le，děng míng tiān wǒ men jiàn le guó wáng，bú zhèng hǎo
把 我 们 都 害 死 了，等 明 天 我 们 见 了 国 王，不 正 好

còu nà yí wàn zhī shù？wù kōng shuō：děng míng tiān jiàn dào hūn jūn，lǎo
凑 那 一 万 之 数？"悟 空 说："等 明 天 见 到 昏 君，老

sūn zì yǒu duì dá，nǐ jiù fàng xīn ba。děng dào sān gēng shí fēn，wù kōng
孙 自 有 对 答，你 就 放 心 吧。"等 到 三 更 时 分，悟 空

biàn chéng yì zhī xiǎo fēi chóng，fēi chū le guì zi，zhí bèn huáng gōng。gōng li
变 成 一 只 小 飞 虫，飞 出 了 柜 子，直 奔 皇 宫。宫 里

的人都在熟睡呢，悟空

拔下一把毫毛，叫

声"变"，就变出

无数个小行者，

又拔下一把毫

毛，变出无数

个瞌睡虫，然

悟空变出无数个小行者，想去治昏君。

后念动真言，叫来众位神仙，让他们到皇宫内

院、各衙门等处，给每个人身上都放了瞌睡虫。

等这些人睡稳后，悟空再把金箍棒晃一晃，变出

无数把剃刀，让小行者各拿一把，到皇宫内院、

各衙门里去剃头。

再说皇宫里，宫女们天不亮就起来梳洗，结

果发现头发不见了，顿时乱作一团。太监们也发

现自己没了头发，便来到国王的寝宫外，含着眼

泪，却不敢进去传话。没多久，皇后醒了，发现自

己没了头发，连忙点灯查看。当她看到龙床上

灭法国妙计治昏君

躺着一个和尚时，吓得大叫起来。国王被惊醒了，看到皇后的样子，惊讶地问："你怎么变成这般模样？"皇后看了看他，说："陛下，你也是这般模样。"国王摸摸头顶，顿时吓得魂飞魄散。太监们听到国王醒了，一齐跪在外面说："主公，我们不小心做了和尚。"国王听到后，流着泪说："一定是朕杀害和尚，才有如此下场。"

第二天早朝时，文武百官都拿着奏表说："主公，请赦臣等失仪之罪。"国王说："众卿礼仪如常，有何失仪之处？"众卿说："主公，不知何故，臣等一夜之间都没了头发。"国王拿着奏表，叹着气说："宫里的人也没了头发，以后，朕再也不敢杀和尚了。"

国王又问众卿是否有其他事禀报，总兵便命人

一夜醒来，国王和皇后都成了和尚。

抬来柜子，说起昨夜遇贼之事，国王下令打开柜子。

八戒看到光亮，忍不住跳了出来，把君臣们吓得胆

战心惊。这时，悟空又搀出了唐僧，沙和尚挑出

了行李。国王见是四个和尚，大吃一惊，起身问

道："长老来自何方？为何在柜子里？"唐僧一一道

来。国王说："朕常年有杀僧之愿，只因曾有僧

人毁谤朕。如今君臣后妃都落发为僧，这是上

天惩罚朕。朕发誓再也不杀和尚了，愿在高僧门

下为徒。"八戒呵呵地笑道："既然你要拜师，有什

么礼物相送啊？"国王说："只要你们肯收我为

徒，我愿意献

出王国里所

有的财宝。"悟

空说："我们都

是有道之僧，

国王发现文武
百官也变成了和尚。

师徒四人走出"钦法国"，
一路上边说边笑。

bú yào nǐ de cái bǎo　　zhǐ yào nǐ bāng wǒ men dǎo huàn guān wén jiù xíng le
不要你的财宝，只要你帮我们倒换关文就行了。"

guó wáng tīng hòu dà xǐ　　lián máng dà bǎi yàn xí kuǎn dài táng sēng shī tú
国王听后大喜，连忙大摆宴席款待唐僧师徒。

xiè ēn zhī hòu　　guó wáng bǎ　　miè fǎ guó　gǎi wéi　qīn fǎ guó　　jiāng táng
谢恩之后，国王把"灭法国"改为"钦法国"，将唐

sēng sì rén sòng dào chéng mén wài　　zhè shí　shā hé shang wèn　　dà shī xiōng
僧四人送到城门外。这时，沙和尚问："大师兄，

zhè cì nǐ jī shàn dé le　　zhǐ shì nǐ cóng nǎ lǐ zhǎo lái nà me duō de tì
这次你积善德了，只是你从哪里找来那么多的剃

tóu jiàng ne　　wù kōng bǎ nòng shén tōng de shì shuō le yí biàn　shī tú jǐ rén
头匠呢？"悟空把弄神通的事说了一遍，师徒几人

dōu xiào bù hé kǒu　　wù kōng fǎn huí kè diàn huán le yī fu　　rán hòu sì rén jì
都笑不合口。悟空返回客店还了衣服，然后四人继

xù xiàng xī xíng qù
续向西行去。

这一日，师徒四人来到天竺国下郡玉华城。玉华王看见唐僧的徒弟们后，吓得面如土色，把他们当成了妖精。玉华王

三个王子来驿馆捉"妖"。

的三个王子听到父王的诉说后，分别拿着齐眉棒、九齿耙、乌油黑棒冲进驿馆，想捉拿妖精。他们刚想动手，却被三个和尚的武器吓住了。只见八戒晃一晃钉耙，便有万道金光；悟空把金箍棒往地上一捣，就有三尺深；沙和尚动一动降妖宝杖，就见霞光耀眼。三人又到半空中耍起神威，三个王子见他们有神功，就想拜师学艺。

经唐僧同意，悟空三人按排行各收了一个徒弟。三个王子拿不动师父的兵器，便派人把它们抬

huí qù, zhǔn bèi dǎ zào yí fù qīng xiē de。 sān jiàn bīng qì fàng zài yuàn zi
回去，准备打造一副轻些的。三件兵器放在院子

li, biàn yǒu wàn dào xiá guāng zhí chōng yún tiān。 shén guāng jīng dòng le fù jìn
里，便有万道霞光直冲云天。神光惊动了附近

hǔ kǒu dòng li de huáng shī jīng，huáng shī jīng dāng wǎn jiù bǎ bǎo bèi tōu zǒu le。
虎口洞里的黄狮精，黄狮精当晚就把宝贝偷走了。

bīng qì bèi dào， wù kōng sān rén tīng shuō fù jìn yǒu yāo jing， jiù zhǎo dào
兵器被盗，悟空三人听说附近有妖精，就找到

hǔ kǒu dòng， bàn chéng xiǎo yāo hùn jìn dòng li。 tā men kàn dào bīng qì bèi gòng
虎口洞，扮成小妖混进洞里。他们看到兵器被供

zài hòu tīng shang， lián máng huī fù yuán shēn， ná qǐ bǎo bèi， yǔ qún yāo dǎ
在后厅上，连忙恢复原身，拿起宝贝，与群妖打

le qǐ lai， huáng shī jīng máng lūn qǐ sì míng chǎn yíng zhàn。 dǎ le yí huìr
了起来，黄狮精忙抢起四明铲迎战。打了一会

r， huáng shī jīng dí bú guò tā men， gǎn jǐn fēi shēn táo pǎo le。 wù kōng
儿，黄狮精敌不过他们，赶紧飞身逃跑了。悟空

fàng le yì bǎ huǒ， bǎ dòng xué shāo de gān gān jìng jìng。
放了一把火，把洞穴烧得干干净净。

huáng shī jīng táo dào zhú jié shān jiǔ qū pán huán dòng， xiàng tā de zǔ wēng
黄狮精逃到竹节山九曲盘桓洞，向他的祖翁

jiǔ líng yuán shèng qiú jiù。 zhè zǔ wēng qí shí shì jiǔ tóu shī zi jīng。 jiǔ
九灵元圣求救。这祖翁其实是九头狮子精。九

tóu shī zi jīng dāng jí diǎn qǐ náo shī、 xuě zé、 fú
头狮子精当即点起猱狮、雪泽、伏

lí zhū sūn， ná zhe wǔ qì， zòng qǐ kuáng
狸诸孙，拿着武器，纵起狂

fēng， lái dào hǔ kǒu
风，来到虎口

dòng。 kàn dào dòng
洞。看到洞

fǔ bèi shāo jìn，
府被烧尽，

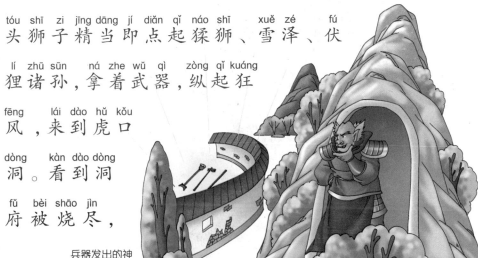

兵器发出的神
光惊动了黄狮精。

他们气得腾云驾雾，径直来到玉华城。悟空三人驾云出城迎战。黄狮精看到八戒，边骂边举铲砍了过来。二人刚交手，猱狮、雪狮也拥了上来，八戒挥耙横冲直撞，与他们斗在一处。那边白泽、伏狸也团团围住了悟空、沙和尚。一时间，一伙妖精与悟空三人杀得天昏地暗。

趁悟空出城迎战，九头狮子精驾起黑云，直奔城中。九头狮子精有九张口，分别叼住唐僧、玉华王、三个王子和阵前的八戒，这才回了洞，下令把他们捆起来。悟空和沙和尚追到盘桓洞，九头狮子

九头狮子精带着一群狮子精来到玉华城。

精出洞迎战，一张嘴就叼住了二人。回洞后，他又命小妖把二人紧紧捆住。夜里，悟空从绳子里脱身出

太乙天尊降服九头狮子精。

来，刚要救师父，八戒被捆急了，嚷着让悟空先放下他。叫声惊动了九头狮子精，悟空赶紧逃走了。

悟空叫出土地神，得知东极妙岩宫有个太乙救苦天尊，他的坐骑正是此怪。于是悟空找到天尊，二人一起来到盘桓洞。悟空引出老妖后，天尊在空中高声说："孽畜，我来了。"九头狮子听到主人的声音，立即伏在地上，现出原形。

没多久，三个王子的武艺精熟了。唐僧师徒重整行囊，继续上路前行。

第三十七章 四天将共擒犀牛精

这一日，师徒四人来到慈云寺，准备进去歇息，有寺僧把他们迎进屋里。方丈得知东土高僧来了，连忙出来接待，还留他们一起过元宵节。

元宵之夜，寺僧陪师徒进城看灯。花灯会上，到处都是火树银花，流光溢彩。其中有三盏金灯分外夺目。它们像缸一样大，内托琉璃薄片，装的是酥合香油。寺僧介绍说："每年元宵夜都得装满三缸酥

花灯会上，唐僧看到三盏像缸一样大的金灯。

合香油。县里把差徭派给百姓，让每家出银二百两。有三个佛爷过了夜就会过来取走香油。"

妖怪变成佛身，捉走了唐僧。

正说着，忽听半空呼呼风响，很快，风中果然出现三个佛身。唐僧跑到桥顶上，倒头就拜。悟空追上来，对师父说："师父，他们是妖精。"话音刚落，只见灯光昏暗，呼的一声，妖精把唐僧抱起来，驾风逃走了。悟空纵起筋斗云，随腥风追了过去。到了一座大山上，有人告诉他说："此山叫青龙山，山里有个玄英洞，住着三个千年妖精——辟寒、辟暑、辟尘三大王，他们从小爱吃酥合香油，成精后，就在这里变佛收油。他们捉住你师父，要用酥合香油煎着吃呢。"

悟空闻言，急忙找到玄英洞，一路打了进去。三

悟空三人与三妖对战很久，不分胜负。

gè yāo jīng gè chí bīng qì　　　è hěn hěn de pū xiàng wù kōng　　wù kōng yǔ tā men
个 妖 精 各 持 兵 器 ，恶 狠 狠 地 扑 向 悟 空 。悟 空 与 他 们

dà zhàn duō shí　　bù fēn shèng fù　　zhè shí　　bì hán mìng yì qún niú jīng cù
大 战 多 时 ，不 分 胜 负 。这 时 ，辟 寒 命 一 群 牛 精 簇

yōng ér shàng　　gè chí bīng qì luàn dǎ guò lai　wù kōng jiàn shì bú miào　zhǐ hǎo
拥 而 上 ，各 持 兵 器 乱 打 过 来 。悟 空 见 势 不 妙 ，只 好

zòng yún táo zǒu le　　tā huí qù jiào shàng liǎng gè shī dì　yòu lái dào xuán yīng dòng
纵 云 逃 走 了 。他 回 去 叫 上 两 个 师 弟 ，又 来 到 玄 英 洞 ，

sān duì sān de dǎ le hěn jiǔ　　hái shì bù jiàn shū yíng　zhè shí　xiǎo yāo men
三 对 三 地 打 了 很 久 ，还 是 不 见 输 赢 。这 时 ，小 妖 们

shàng zhèn le　xiān bàn dǎo le bā jiè　hěn kuài yòu shēng qín le shā hé shang
上 阵 了 ，先 绊 倒 了 八 戒 ，很 快 又 生 擒 了 沙 和 尚 。

wù kōng gū zhǎng nán míng　zhǐ hǎo zòng yún pǎo le
悟 空 孤 掌 难 鸣 ，只 好 纵 云 跑 了 。

wù kōng lái dào líng xiāo bǎo diàn　xiàng yù dì qiú jiù　yù dì pài tiān shī
悟 空 来 到 灵 霄 宝 殿 ，向 玉 帝 求 救 。玉 帝 派 天 师

lái dào dòu niú gōng diǎn chū sì mù qín xīng　suí wù kōng tóng qù xiáng yāo　yì xíng
来 到 斗 牛 宫 ，点 出 四 木 禽 星 ，随 悟 空 同 去 降 妖 。一 行

rén lái dào xuán yīng dòng hòu　wù kōng shàng qián jiào zhèn　zhòng yāo yì chū dòng
人 来 到 玄 英 洞 后 ，悟 空 上 前 叫 阵 。众 妖 一 出 洞 ，

就看到四木禽星，吓得纷纷直嚷："不好了！咱们还是各自逃命去吧。"只听一阵哞哞乱叫，小妖们都现了原形，原来是一群山牛精、水牛精、黄牛精，正在满山乱跑呢。三个妖精也现了原形，只见三只犀牛精径直往西方跑去。

悟空带着四木禽星一直追到西海，龙王看见了，便吩咐太子摩昂率水兵助阵，拦住犀牛精。四木禽星趁机现出原身，冲了上去，一口咬死了辟寒。八戒锯下辟寒的两只牛角，又给辟暑、辟尘穿了鼻子。他们把两妖牵回去后，将剩下的牛头精杀个精光。

悟空把两妖带到当地的衙门，以此作为免征灯油差徭的证据。除去妖魔后，师徒四人继续赶路。

八戒锯下犀牛精的牛角。

影响孩子一生的中国十大名著

师徒四人走了半个多月，这一日，来到天竺国的布金禅寺。见天色已晚，他们准备去寺里借宿。寺里的老院主热情地接待了他们，晚上，又邀请唐僧去孤园基址游玩。

正走着，唐僧忽然听到园内传来啼哭之声，便问老院主是怎么回事。老院主说："一年前，有

一年前，老院主见到了天竺国的公主。

驿丞告诉唐僧，天竺国公主正在选驸马。

tiān wǎn shang wǒ tū rán tīng dào gū yuán li chuán lái qí guài de shēng yīn zǒu jìn lai yí kàn zhǐ jiàn yí gè měi mào de nǚ zǐ zhèng zài kū qì ne
天晚上，我突然听到孤园里传来奇怪的声音。走进来一看，只见一个美貌的女子正在哭泣呢。

tā zì chēng shì tiān zhú guó guó wáng de nǚ ér bèi dà fēng guā dào le zhè lǐ
她自称是天竺国国王的女儿，被大风刮到了这里。

wǒ méi jiàn guò gōng zhǔ yòu pà hé shang diàn wū tā jiù bǎ tā suǒ zài yì
我没见过公主，又怕和尚玷污她，就把她锁在一

jiān kōng fáng li duì wài mian de sēng rén zhǐ shuō shì guān le gè yāo jing wǒ
间空房里，对外面的僧人只说是关了个妖精。我

duō cì qù tiān zhú guó dǎ ting què tīng shuō gōng zhǔ zài gōng li ān rán wú yàng
多次去天竺国打听，却听说公主在宫里安然无恙。

wǒ jué de qí guài xiǎng qǐng nǐ men bāng máng liú yì yí xià gōng zhǔ de shì qing
我觉得奇怪，想请你们帮忙留意一下公主的事情。"

dì èr tiān shī tú sì rén lái dào tiān zhú guó chéng nèi zhǎo dào yì guǎn
第二天，师徒四人来到天竺国城内，找到驿馆，

xiàng yì chéng shuō míng lái yì yì chéng tīng shuō tā men yào dǎo huàn guān wén jiù
向驿丞说明来意。驿丞听说他们要倒换关文，就

shuō gōng zhǔ jīn tiān zhèng zài jiē tóu pāo xiù qiú zhāo qīn nǐ men kuài qù kàn kan
说："公主今天正在街头抛绣球招亲，你们快去看看

ba wù kōng xiǎo shēng shuō zán men qù kàn kan ba dào shí wǒ jiù néng biàn
吧。"悟空小声说："咱们去看看吧，到时我就能辨

bié gōng zhǔ de zhēn jiǎ le táng sēng tóng yì le
别公主的真假了！"唐僧同意了。

yuán lái zhāo
原来招
qīn de gōng zhǔ shì
亲的公主是
gè yāo jing tā
个妖精，她
suàn chū táng sēng huì
算出唐僧会
zài jīn tiān lái dào
在今天来到
tiān zhú guó jiù zài
天竺国，就在
yī nián qián yòng fēng
一年前用风
guā zǒu le zhēn gōng
刮走了真公

公主表示愿意嫁给唐僧。

zhǔ zì jǐ biàn chéng gōng zhǔ de mú yàng shè jú zhāo qīn xiǎng zhāo táng sēng wéi
主，自己变成公主的模样设局招亲，想招唐僧为
fù mǎ xī qǔ tā de yuán yáng zhēn qì hǎo xiū liàn chéng xiān táng sēng yì
驸马，吸取他的元阳真气，好修炼成仙。唐僧一
zǒu jìn rén qún gōng zhǔ jiù zài chuí lián hòu qiāo qiāo de jiāng xiù qiú pāo zài tā
走进人群，公主就在垂帘后悄悄地将绣球抛在他
de tóu shang bǎ táng sēng xià le yí tiào zhè shí yì qún gōng nǚ yíng shàng
的头上，把唐僧吓了一跳。这时一群宫女迎上
lai qǐng tā rù gōng táng sēng bú yuàn yì wù kōng quàn tā shuō shī fu
来，请他入宫。唐僧不愿意，悟空劝他说："师父，
nǐ xiān jìn gōng jiàn guó wáng zài bǎ wǒ zhào jìn qu wǒ zì yǒu miào jì
你先进宫见国王，再把我召进去，我自有妙计。"
táng sēng wú nài zhǐ hǎo suí gōng nǚ lái dào gōng zhōng gōng zhǔ xuǎn hǎo
唐僧无奈，只好随宫女来到宫中。公主选好
le fù mǎ biǎo shì yuàn yì jià gěi tā guó wáng biàn kāi xīn de zhǔn bèi hūn qìng de
了驸马，表示愿意嫁给他，国王便开心地准备婚庆的
shì táng sēng zhǐ hǎo xiān dā ying le bìng shuō míng lái lì yào guó wáng zhào
事。唐僧只好先答应了，并说明来历，要国王召

影响孩子一生的中国十大名著

三个徒弟进宫。国王当即同意了。唐僧师徒在宫里吃了几天的盛宴，却一直没有见到公主。原来公主找了个借口，说唐僧的三个徒弟长得丑陋，不敢出来见面。于是国王盖好关文，陪着唐僧，来到城门外为悟空三人送行。

悟空趁人不注意，悄悄地对师父说："我假装离开，一会儿就回来。"三人回到驿馆后，悟空拔下一根毫毛，吹口仙气，变出一个假悟空留在驿馆，自己则变成蜜蜂飞进宫中。悟空飞到师父的耳边，说："师父，我来了！"唐僧这才放下心来。

不久，公主走了过来，悟空发现她确实是个妖精，就现出本相，骂道："妖精，

悟空变成蜜蜂来安慰师父。

你竟敢出来招摇撞骗！"他举起金箍棒就要打妖精。妖精见势不妙，拿出一根石杵样的短棍相迎。

二人斗了半日，打得难解难分。悟空变出千百根金箍棒，围打妖精。妖精慌了，马上化作一阵清风，跑到一座大山前，转眼不见了。悟空叫出山神和土地神，请他们帮忙找出妖精隐藏的洞穴，将妖精赶了出来。悟空正要举起金箍棒打向妖精，只听见空中有人说："大圣住手，棍下留情！"悟空回头一看，原来是太阴星君和嫦娥仙子来了。太阴星君说："这个妖精是广寒宫捣玄霜仙药的玉兔。她私自开了玉关金锁，逃到这里。请大圣看在我的面子上饶了她吧！"悟空答应了，不过

悟空举起金箍棒，要打假公主。

提出要将玉兔带回宫中给国王看。太阴星君用手向妖精一指，妖精就现了原形，果然是一只玉兔。

悟空引路，太阴星君和嫦娥仙子领

国王一家人重新团聚，喜极而泣。

着玉兔来到天竺国皇宫。国王见了，这才相信公主是假的，又思念起真的公主。于是悟空带领国王和王后来到布金禅寺的孤园基址，找到了真公主。国王与王后把公主搂在怀中，三个人抱成一团，痛哭不已。国王当即封老院主为"报国僧官"，一行人这才回到宫里。第二天，公主重整妆容，与国王一起向唐僧师徒拜谢。四人又经历一难后，继续往西天而行。

zhè yí rì　　shī tú sì rén lái dào tóng tái fǔ dì líng xiàn　　dé zhī chéng
这一日，师徒四人来到铜台府地灵县，得知城

dōng yǒu gè jiào kòu hóng de yuán wài　　yì xīn xiàng shàn　　biàn zhǔn bèi qù tā jiā huà
东有个叫寇洪的员外，一心向善，便准备去他家化

zhāi　　sì rén yí lù dǎ tīng　　lái dào le kòu jiā　　kàn dào mén wài lì zhe　　wàn
斋。四人一路打听，来到了寇家，看到门外立着"万

sēng bù zǔ　　de shí bēi　　yuán wài kàn dào tā men　　gōng jìng de bǎ tā men qǐng
僧不阻"的石碑。员外看到他们，恭敬地把他们请

jìn wū nèi　　shuō　　èr shí sì nián lái　　wǒ yǐ jīng zhāi guò jiǔ qiān jiǔ bǎi jiǔ shí
进屋内，说："二十四年来，我已经斋过九千九百九十

liù wèi sēng rén　　jīn tiān zhèng hǎo tiān jiàng sì wèi shèng sēng　　biàn néng còu chéng
六位僧人，今天正好天降四位圣僧，便能凑成

wàn sēng zhī shù　　wǒ yào zuò gè yuán mǎn dào chǎng　　zhī hòu zài sòng nǐ men chū
万僧之数。我要做个圆满道场，之后再送你们出

chéng　　táng sēng jiàn tā chéng xīn xiàng shàn　　biàn
城。"唐僧见他诚心向善，便

寇洪向来好善，在门前立下
"万僧不阻"的石碑。

高兴地答应了。师徒住了五六日，员外大张旗鼓，终于办完圆满道场。第二天，员外隆重

强盗打劫寇家，还把员外一脚踢死了。

地给唐僧四人饯行，一路上到处鼓乐喧天，旗幡蔽日。师徒离开后，走了不久，天空忽然下起大雨，四人只好躲进路边的华光院里。

一伙强盗见员外隆重地款待客人，就知道他家富有，于是趁雨夜过来打劫。寇家老小都吓得藏了起来。员外在门后看到强盗搜拿金银，就出来抢夺，结果被强盗一脚踢死了。员外的妻子因此对唐僧师徒怀恨在心，四处赖说是他们抢劫。她的儿子听到了，便来到衙府告状，于是刺史便派人去捉拿唐僧师徒。

再说强盗得逞后，来到华光院瓜分赃物。唐

僧听到他们说抢了寇家，踢死了员外，就让徒弟把赃物拿了过来，准备还给寇家。在

悟空准备施计洗脱冤情。

返回寇家的路上，官兵看到赃物，就把唐僧四人当成强盗捉进了监狱。悟空暗知师父该有一夜牢狱之灾，因此故意不使法力。等到四更，他才变成飞虫来到寇家，又变成员外的模样，让家人撤回诉状。

接着，他又飞到刺史府内，见刺史正在祭拜大伯，就在空中隐身说："狱里有和尚受了冤枉。如果你不放掉他们，马上就会被送到阴曹地府。"刺史一听吓坏了。悟空再飞至地灵县衙，跳到空中，只伸下一条腿来，隐着身子说："我是玉帝差来的浪荡神。玉帝听说你们冤枉了取经的佛子，就让你们

gǎn kuài fàng chū tā men fǒu zé wǒ jiù bǎ chéng chí tà chéng huī jìn   xiàn
赶快放出他们，否则我就把城池踏成灰烬。"县

yá li de guān yuán gǎn jǐn guì zài dì shang lián shēng dā yìng zhe
衙里的官员赶紧跪在地上，连声答应着。

tiān kuài liàng shí wù kōng fēi huí jiān yù táng sēng sì rén hěn kuài bèi fàng
天快亮时，悟空飞回监狱。唐僧四人很快被放

le chū lai tā men lái dào kòu jiā píng diào yuán wài zhè shí wù kōng qiāo qiāo
了出来。他们来到寇家凭吊员外。这时，悟空悄悄

de jià yún lái dào yōu míng dì jiè jiàn dào yán wáng hòu tā cái zhī dào yuán wài
地驾云来到幽冥地界，见到阎王后，他才知道员外

de yáng shòu yǐ jìn wù kōng yòu lái dào cuì yún gōng bài jiàn dì zàng wáng pú
的阳寿已尽。悟空又来到翠云宫，拜见地藏王菩

sà qǐng qiú jiù yuán wài yí mìng pú sà shuō kòu hóng shì gè shàn rén
萨，请求救员外一命。菩萨说："寇洪是个善人，

wǒ zhǔn bèi shōu tā zuò zhǎng shàn yuán bù zi de àn zhǎng jì rán dà shèng xiāng
我准备收他做掌善缘簿子的案长。既然大圣相

qiú wǒ biàn yán tā shí èr nián shòu mìng
求，我便延他十二年寿命。"

wù kōng xiè guò pú sà bǎ kòu hóng dài huí yáng jiān hěn kuài yuán wài huó
悟空谢过菩萨，把寇洪带回阳间。很快，员外活

le guò lai tā pá chū
了过来。他爬出

guān cai duì táng sēng sì rén
棺材，对唐僧四人

kē tóu xiè ēn táng sēng
磕头谢恩。唐僧

shī tú xǐ qīng yuān qíng
师徒洗清冤情，

yòu xiàng xī xíng qù
又向西行去。

员外活过来了，向
唐僧四人磕头谢恩。

第四十章 如来佛祖亲赐真经

唐僧师徒又走了很多天，终于来到西方佛地胜境，只见这里家家向善，户户斋僧。这一天，师徒四人来到一座观宇前，见一位道童站在山门前问他们："你们是东土来的取经人吗？"没等师父开口，悟空就认出了道童，抢着说："师父，他是灵山脚下玉真观的金顶大仙，是来接我们的！"金顶大仙微笑不语，将师徒四人迎进观内，安排他们歇下了。

金顶大仙在圣境迎接唐僧师徒。

第二天一早，大仙引着他们穿过玉真观的中堂，来到后门，指着灵山对唐僧说："圣僧，你看天空中祥光笼罩、瑞霭千重的地方，就是灵鹫高峰，那里是佛祖的圣境。"说完，大仙便离去了。

师徒四人缓步登上灵山，没走几里路，就

面对着大江，唐僧不知该如何渡过。

看见一条大江横在面前。江面约有八九里宽，四周没有人。唐僧吓了一跳，说："悟空，是不是大仙指错路了？江水这么宽阔，还没有渡船，我们怎能过得去呀！"悟空笑着说："没错，就是这条路！你看那边不是有一座桥吗？只有从桥上过去，我们才能修成正果呢！"唐僧上前一看，见前面果然有一根独木桥，桥旁边还有一块匾，写着"凌云渡"三个字。八戒看见了，嘟囔着说："这根木头又细又滑，谁敢走呀！"

他们正对着江水发愁时，只见一个人撑着船从江中划了过来，叫道："上船！"唐僧大喜，

唐僧师徒坐上了无底船。

可是走上前一看，发现那只船竟是一只无底船。

悟空火眼金睛，认出渡船的人是接引佛祖，他没有

说破，只是催着师父赶快上船。唐僧不敢上，被

悟空一下子推了上去。唐僧差点儿没栽到水里，

幸亏撑船人一把扯住，才安稳地坐在船上。他

们稳稳当当地过了凌云渡，上岸以后，唐僧回头

一看，发现无底船早已不知去向，悟空这时才说

出那人就是接引佛祖。唐僧这才醒悟，连忙向悟

空道谢。悟空说："不用道谢，这叫做彼此扶持。

如来佛祖亲赐真经

我们幸亏师父指引，才能进入佛门。如今师父又依赖着我们的保护，才脱离了凡胎。"四人登上灵山之巅，来到雷音寺山门外。

　　四大金刚见唐僧师徒来了，立即向大雄宝殿报告。如来佛祖马上召集八菩萨、四金刚、五百罗汉、三千揭谛排成两行，传旨召唐僧他们进来。师徒四人来到大雄宝殿前，对佛祖下跪参拜，又奉上通关文牒。佛祖看完了，将文牒还给唐僧，命阿傩、伽叶二位尊者带他们取经书。阿傩、伽叶将师徒引到珍楼启宝阁，问："圣僧从东土而来，可有礼物送给我们？"唐僧面露难色，说："路途遥远，没有准备礼物。"尊者

唐僧向如来佛祖下跪参拜。

感到很失望，但他们没有多说，取出经书交给唐僧师徒。唐僧师徒向佛祖谢别后，踏上了归程。

藏经阁上的燃灯古佛听清了此事，知道阿傩、伽叶索贿不成，不会将真经传给他们，枉费他们十四年求经之苦。于是他叫来白雄尊者，让他将假经书追回来。师徒四人刚走不久，白雄尊者就驾云追了过来。他在空中掀起一阵狂风，将收藏经书的包袱吹散开来，把经书吹得四处飘落。唐僧被吹得跌下马来，八戒和沙和尚慌忙去抓经书，悟空则拿起金箍棒奋勇直追。白雄尊者知道悟空本领高强，急忙化成一阵风跑了。师徒四人把吹散的经书重新放好，却突然

二位尊者得知师徒没有礼物相送，感到很失望。

发现经书的每一页都是雪白一片，连半个字都没有。他们只好又回到雷音寺，来到如来佛祖的宝座前。如来佛祖笑着说："自古经文不可轻传，也不可轻取。你们

唐僧师徒收拾好经书，准备出发。

空手来取，当然送你们无字经书了。"于是他又让阿傩、伽叶再领他们去取有字真经。到了珍楼，二位尊者仍然向唐僧索要礼物。唐僧只好取出紫金钵盂，说："这个钵盂是唐王亲手所赐，弟子特意奉上，聊表寸心。"阿傩、伽叶这才笑着把五千零四十八卷经书传给了他们。师徒四人细细地看了一遍，看到每卷经书上都写满了字，这才把经书收拾整齐，谢过了佛祖，欢欢喜喜地离开了。

唐僧师徒刚走，观音菩萨就向如来佛祖禀报道："唐僧四人取经用了十四年，一共五千零四十天，还差八天才够圆满。"于是如来佛祖就命八大金刚追上唐僧师徒，驾着云把他们送回东土，留下真经后，再返回西天。

观音菩萨在查看唐僧师徒一路受灾的簿子。

这时，观音菩萨又查看记录唐僧一路受灾的簿子，发现只有八十难，佛门讲究"九九归真"，他们还差一难，观音菩萨命令揭谛追上金刚后，让他们再发一难。揭谛追上金刚，暗传菩萨法旨。八大金刚按落祥云，将师徒摔在地上。师徒爬起来一看，发现他们到了通天河西岸。大家正发愁如何过河时，只见一只老鼋从河里钻了出来。这只老鼋以前帮师徒四人渡过河，所以彼此认识。

见老鼋又来帮忙，师徒四人赶忙踏到老鼋的背上，直奔对岸。老鼋驮着他们游到河中央时，突然问道："圣僧，当年我请你问佛祖，我何时才能修成人身，你问了吗？"可是唐僧到西天只顾取经，早把这件事给忘了。老鼋很失望，于是将身子一晃，钻到了水里，师徒四人也一起被带到了水里。四人挣扎了很久，方才上了岸。等到太阳出来，他们把经书铺在石头上，一页页晒干。可是石头把佛经粘住了几卷，他们在收取时把这几卷经书弄破了，所以至今经本不全，晒经石上也还留着佛经的字迹。

师徒四人把经书重新用包袱裹好，驮在白马上，准备出发。这时，

老鼋将身子一晃，唐僧四人就掉进了水里。

八大金刚见唐僧师徒已经过了最后一难的考验，便出现在他们面前，驾着云将他们直接送到了东土长安。

唐太宗自从贞观十三年送唐僧西行取经后，就命人在西安关外建了一座望经楼，每年都会来这里探望。这天，唐太宗刚好走上望经楼，见正西方满天瑞霭，原来是唐僧携着一行人驾云而来。他心中大喜，见一朵祥云落地，连忙带百官迎上前去。唐僧看到唐太宗后，倒身就拜。唐太宗揽起唐僧，慰问完之后，又问："高僧身边的人是谁？"唐僧说："是我在途中收的徒弟。"唐太宗向他道贺之后，登上龙辇，请唐

唐僧向唐太宗介绍悟空。

僧上马，带着他和他的三位高徒一同回朝了。来到皇宫后，唐僧拿出取回的真经给唐太宗浏览，又说了取经的过程，最后还把通

唐僧让唐太宗抄誊经书副本，唐太宗点头称是。

关文牒拿出来给他过目。唐太宗见取经成功，非常欣喜，马上下令大摆宴席，庆祝唐僧师徒功德圆满。

第二天，唐僧师徒来到大殿，唐太宗让唐僧开卷诵经。唐僧建议，要诵读真经，必须寻找佛地。于是唐太宗就带着百官和唐僧师徒来到附近的雁塔寺。唐僧又对唐太宗说："您如果要将真经传播于天下，还必须抄誊副本。原本的经书应该珍藏起来，千万不能被轻意地亵渎了。"唐太宗觉得有道理，当即召来翰林院及中书科各官誊写了真经，

唐僧取到真经，
修炼成佛。

bìng zài chéng dōng jiàn le yí zuò sì jiào zuò téng huáng sì
并在城东建了一座寺，叫做"謄黄寺"。

táng sēng shǒu pěng jīng juàn zhèng zhǔn bèi lǎng sòng shí tū rán wén dào xiāng
唐僧手捧经卷，正准备朗诵时，突然闻到香

fēng zhèn zhèn zhǐ tīng bā dà jīn gāng zài bàn kōng zhōng gāo hǎn táng sēng fó
风阵阵，只听八大金刚在半空中高喊："唐僧，佛

zǔ yǒu lìng fàng xià jīng juàn kuài gēn wǒ men huí xī tiān qù ba huà yīn
祖有令，放下经卷，快跟我们回西天去吧！"话音

gāng luò shī tú sì rén lián tóng bái mǎ biàn téng kōng ér qǐ suí zhe bā dà
刚落，师徒四人连同白马便腾空而起，随着八大

jīn gāng zǒu le bā dà jīn gāng jiāng tā men dài huí le líng shān yí kàn rì zi
金刚走了。八大金刚将他们带回了灵山，一看日子，

qià hǎo shì zài bā tiān zhī nèi rú lái fó zǔ jiàn táng sēng shī tú chóng huí líng
恰好是在八天之内。如来佛祖见唐僧师徒重回灵

shān biàn zhào tā men shàng diàn shòu zhí tā fēng táng sēng wéi zhān tán gōng dé
山，便召他们上殿受职。他封唐僧为旃檀功德

fó fēng sūn wù kōng wéi dòu zhàn shèng fó fēng zhū bā jiè wéi jìng tán shǐ zhě
佛，封孙悟空为斗战胜佛，封猪八戒为净坛使者，

功德圆满修成正果

封沙和尚为金身罗汉，封白马为八部天龙马。一行五人非常激动，都叩头谢了恩。

悟空对唐僧说："师父，现在我已经成了佛，就不用再戴着金箍了！你也别再念什么紧箍咒了，趁早念个松箍咒，把我的金箍摘下来吧！"唐僧说："当时只因为你难管，所以才用紧箍咒管住你。现在你已经成了佛，金箍自然就没有了，不信你摸摸看！"悟空用手摸了一下，发现金箍果然没有了。于是旃檀功德佛、斗战胜佛、净坛使者和金身罗汉各自归了本位，天龙马也归了真。

悟空发现金箍儿不见了，此时大家都成了佛。

这时，所有的佛祖、菩萨、圣僧、罗汉、揭谛等各位神仙也都各归方位，众神一齐聚到如来佛祖的宝座前，合掌皈依。

西游记

创世卓越 荣誉出品
Trust Joy Trust Quality

图书在版编目(CIP)数据

西游记 / (明)吴承恩著；创世卓越改编.
北京：北京少年儿童出版社，2007.1
(影响孩子一生的中国十大名著 / 纪江红主编)
ISBN 978-7-5301-1073-7

Ⅰ.西… Ⅱ.①吴…②创… Ⅲ.汉语拼音—儿童读物 Ⅳ.H125.4

中国版本图书馆 CIP 数据核字(2007)第 006596 号

影响孩子一生的中国⑩大名著

西 游 记

XI　YOU　JI

(明)吴承恩　原著

总 策 划	邢　涛	出　　版	北京出版社出版集团
主　　编	纪江红		北京少年儿童出版社
执行主编	龚　勋	发　　行	北京出版社出版集团总发行
编　　审	贾宝花	地　　址	北京北三环中路 6 号
原　　著	吴承恩	邮　　编	100011
改　　写	刘　颖	网　　址	www. bph. com. cn
责任编辑	闫宝华	经　　销	新华书店
装帧设计	王洪文	印　　刷	北京画中画印刷有限公司印刷装订
美术统筹	赵东方	开　　本	787×1092　1/16
版面设计	姜　萍	印　　张	14
插图绘制	陶渊琛　文鲁工作室	版印次	2009年4月第1版第8次印刷
责任印制	王　雪	书　　号	ISBN 978-7-5301-1073-7/Ⅰ·421
质量监督电话 010－58572393		定　　价	17.80 元